전환 시대의 위기
통일 한국의 미래

전환 시대의 위기
통일 한국의 미래

초판 제 1쇄 인쇄 2010. 11. 29.
초판 제 1쇄 발행 2010. 12. 6.

지은이   이 홍 구
펴낸이   김 경 희

경   영   강 숙 자
편   집   박 수 용
디자인   이 영 규
영   업   문 영 준
관   리   강 신 규
경   리   김 양 헌

펴낸곳   (주)지식산업사
          본사 ● 413-832, 경기도 파주시 교하읍 문발리 520-12
               전화 (031) 955-4226~7 팩스 (031)955-4228
          서울사무소 ● 110-040, 서울시 종로구 통의동 35-18
               전화 (02)734-1978 팩스 (02)720-7900
          한글문패 지식산업사
          영문문패 www.jisik.co.kr
          전자우편 jsp@jisik.co.kr .
          등록번호 1-363
          등록날짜 1969. 5. 8.

책값은 뒤표지에 있습니다.

ISBN 978 - 89 - 423 - 3080 - 5 03800

이 책을 읽고 저자에게 문의하고자 하는 이는
지식산업사 전자우편으로 연락바랍니다.

전환 시대의 위기
통일 한국의 미래

이홍구 칼럼집

지식산업사

책머리에

나라는 계속 발전하는데 왜 걱정은 늘어가고 있는지 모르겠다. 산업화, 민주화, 세계화 등 여러 면에서 대한민국이 성취한 발전상은 놀랄 만한 업적이라 아니할 수 없다. 그런데도 매일 같이 밀려드는 나라 안팎의 위기상황과 부닥치며 사회적 불협화음과 어려움에 시달리는 딱한 목소리를 듣다 보면 나라 걱정은 피할 수 없는 일상사가 되곤 한다.

이렇듯 걱정이 일상화된 것은 아마도 나이 탓인지도 모른다. 소년 시절 해방정국의 혼란 속에서 '우국노인회憂國老人會'라는 단체가 가끔 걱정 어린 성명을 내어놓던 것을 기억하고 있다. 그로부터 60여 년이 지난 지금, 내 세대가 바로 그러한 노인들의 걱정을 이어받았는지도 모르겠다.

50년 전 케네디 대통령의 취임사에서 한 구절을 인용한다면, 이미 조국의 운명을 상징하는 횃불은 젊은 새 세대에게 넘어간 지 오래다. 다만 아직도 분단의 굴레에서 벗어나지 못한 채 민족통일이란 큰 과업을 성취해야 할 우리 젊은 세대가 짊어진 짐이 너무 무겁기에 안쓰러울 뿐이다. 세계사의 전환 시대에 그 무거운 책임을 다하기 위해서는 역사의 교훈이 남기는 지혜와 미래의 꿈이 열어 주는 비전을 항시 소중히 다듬어 가야 할 것으로 믿는다.

그러한 지혜와 비전을 추구하는 노력에 조그만 힘이라도 보태고자 지난 10년 동안 《중앙일보》에 싣고 있는 칼럼 가운데서 통일의 미래상, 세계적 불안의 시대, 한국 정치의 구조적 한계 등 몇 가지 주제와 관련된 글 60여 편을 한데 묶어 보기로 하였다. 이는 출판계에서 나라 걱정에 항상 앞장서는 지식산업사 김경희 사장의 권유를 고맙게 받아들인 결과이다. 편집을 맡아 애써 준 박수용 씨의 노고에도 감사드린다.

2010년 한가위에

이 홍 구

차 례

1장 통일한국의 미래상

2장 세계적 불안의 시대

3장 대통령 무책임제를 개혁하라

4장 조선의, 대한민국의, 세계의 지도자

일러두기

1. 이 책은 저자가 2003년부터 2010년까지 《중앙일보》에 기고한 칼럼 가운데 일부로 구성되었다.
2. 칼럼은 발표된 순서대로 실었으며 글 끝에 날짜를 밝혔다.
3. 칼럼 발표 시점을 기준으로 한 시간 표현은 그대로 두었다.

1장

통일 한국의 미래상

한반도·동북아 평화 틀 마련을

지금의 상황이 급하고 어렵더라도 우리가 걸어온 길, 우리가 나아갈 길을 잊어서는 안 된다. 그러기에 베이징 6자회담이 시작되는 것을 지켜보는 우리로서는 강대국의 틈바구니에서 생존과 번영을 확보해야 하는 이 민족의 운명을 다시 실감하지 않을 수 없다. 과거 우리가 어떻게 걸어 왔는가를 되짚어 보고 앞으로 나아가야 할 방향을 분명히 점검해 보아야 하는 침착성이 요구되는 시점이다.

6자회담에 대한 각국의 입장이나 국제여론의 초점은 북한 핵 문제에 맞춰져 있다. 그러나 그 긴박성과 위험성에도 북한 핵 문제는 하루아침에 솟아난 것이 아니고 지난 반세기에 걸친 한반도 분단의 역사 속에서 불거진 상황이었음은 우리 한국만이 강조할 수 있는 관점이다. 따라서 북핵 문제의 해결은 단순히 핵무기 확산 방지라는 차원을 넘어서 한민족의 분단 극복이라는 큰 틀 속에서 해결해야 하는 과제임을 우리는 강력히 주장하고 설득해야만 한다.

사실, 미·러·중·일, 그 어느 대표단도 한민족 분단에 관한 적절한 역사인식과 이해를 지녔다고 보장할 수는 없다. 그들에게 1945년의 분단이나 1950년의 한국전쟁은 역사책에서 읽은 한 토막의 지식에 지나지 않을 수 있다. 그러기에 정부는 우리의 입장을 그들에게 설득하고 계몽할 의무가 있는 것이다. 예컨대 북한이 요구하는 '체제 보장'도 미국과 흥정에 따라서 해결될 수 없음은 물론 이미 남북 간에 이뤄진 민족공동체로 향한 일련의 약속을 지키고 이행하는 의무와 맞물렸을 때만 가능하고 유효하다는 것을 두루 이해시켜야 한다.

지난 30년에 걸쳐 남과 북이 민족자주의 정신에 입각해 합의한 〈7·4 남북공동성명〉〈남과 북 사이의 평화와 불가침 및 교류에 관한 합의서〉〈한반도 비핵화 공동선언〉〈6·15 남북공동선언〉은 반드시 지켜져야 한다는 원칙도 6자회담의 결과에서 재확인돼야 한다. 북한의 핵무기 개발은 국제사회에서 강력한 반대에 부닥치고 있지만 더 원초적으로는 민족 앞에 엄숙히 서약한 〈한반도 비핵화에 관한 공동선언〉에 정면으로 위배되는 것으로 민족적 차원에서도 용납될 수 없는 것이다. 그동안 여러 가지 사정이 있었겠지만 우리는 북한이 이번 6자회담을 계기로 김일성 주석이 약속한 '한반도의 비핵화 원칙'으로 어서 빨리 돌아가기를 바란다.

이렇듯 6자회담에 임하는 우리 정부의 임무는 막중하다. 그러기에 한국이 참석하지 않거나, 혹 못하는 한반도 관련 국제협상을 우리는 한사코 반대하는 것이다. 회담의 방식보다는 결과가 중요하다는 일견 순진한 생각은 되풀이하지 않아야 한다. 외교에서는 회담이나 협상의 방식이 그 내용이나 결과에 지대한 영향을 준다는 교훈을 언제나 명심해야 할 것이며, 특히 북핵 문제를 포함한 남북 관계에서는 절대로 지켜져야 할 원칙이다.

14

이번 6자회담은 북한의 핵 포기와 체제의 보장을 맞바꾸는 식의 편협한 협상의 마당이기보다는 한반도와 동북아의 안전과 평화를 위한 새로운 틀을 개발하는 공동의 작업이 돼야만 한다. 더욱이 한국을 손쉬운 공격과 위협의 대상으로 지목하는 북한의 습관적 '인질 전략'에 종지부를 찍는 계기가 마련됐으면 한다. 사실 핵무기 개발 등 위기를 조성해 긴장을 고조시키는 북한의 '전쟁 불사'라는 강경한 위협공세는 워싱턴, 베이징, 도쿄, 모스크바보다는 서울을 직접적인 목표로 삼고 있어 비겁하고 반민족적이라는 비판을 면하기 어렵다. 이번 기회에 북한이 남북 협력에 의한 민족공동체 건설이라는 약속된 궤도로 들어서는 결단을 내려 주기를 기대한다.

이러한 국민적 염원의 구현은 우리의 주권과 자유는 어떤 경우든 반드시 지켜 나간다는, 그리고 어떤 위협의 볼모도 될 수 없다는 의지와 실력을 갖췄을 때만이 가능한 것이다. 노무현 대통령은 이미 통일이 아무리 중요한 민족의 목표라 할지라도 평화를 깨뜨리면서 급히 서두를 수는 없다고 천명한 바 있다. 이제 한 걸음 더 나아가서 평화와 통일이란 민족의 꿈도 자유를 희생할 명분이 될 수 없다는 국민적 의지를 다져야 할 시점에 이르렀다. 자유, 평화, 통일의 세 원칙을 바탕으로 우리는 6자회담에서 능동적으로 그 역할을 수행해 나가야 할 것이다.

2003년 8월 25일

〈민족공동체 통일방안〉 살리자

지금의 정치적 대치 상황이 하도 답답하다 보니 먼 옛날도 아닌 15년 전, 1988년 총선으로부터 시작됐던 13대 국회 시절을 떠올리게 된다. 그때가 그립다는 뜻은 물론 아니고, 태평성세였다는 것은 더더욱 아니다. 다만 지금의 혼탁한 상황보다 여야 사이에 정치적 대화의 길이 조금 더 트여 있던, 따라서 덜 답답했던 시절로 기억되기 때문이다. 민주화 과정은 그 초기보다 상당히 진전된 시점에서 더 큰 파란과 암초에 부딪칠 수 있다는 라틴아메리카의 교훈이 우리의 경우에도 적용되는 것이 아닌지 심히 걱정스럽다.

1987년 6월항쟁, 6·29선언, 12월 대통령 직선제 선출로 이어진 드라마는 권위주의 시대의 폐막을 알리는 것이었다. 민주화세력이 후보 단일화에 실패함으로써 겨우 36.7퍼센트의 득표로 당선된 노태우 대통령이 88년 2월에 취임했고, 그로부터 두 달 뒤 13대 총선에선 야당이 압도적으로 승리해 4당이 운영하는 여소야대 국회의 시대를 맞게 됐다. 결국 대통령, 국회, 여야 4당 가운데 그 누구도 국민의 절대다수로부터 지지를 받지 못하는 불안정한 상황이었고, 이를 각 정당이 잘 이해하고 있었기에 서로가 타협의 정치를 시도하는 길밖에 없었다. 적어도 통일 분야에서는 상당한 정도의 대화와 타협에 따라 국민적 합의를 도출하는 데 성공했다.

권위주의 시대의 폐막은 무엇보다 언론의 자유를 부활시켰고 이는 곧 열띤 통일 논의를 분출시켰다. 대학, 시민단체, 언론이 마련한 토론 마당은 그 수를 헤아리기 어려울 정도로 많았고, 방송은 심야까지 특별 프로그램을 마련했으며 국회의 통일특위가 주관한 공청회도 여러 날 계속됐다. 이 같은 열기는 자유와 통일에 대한 국민적 바람이 얼마나 큰 것인가를 극적으로 증명하는 것이었다. 이러한 분위기 속에서 당시의 통일원 장관은 내각의 누구보다 국회의 4당, 특히 3야당 총재와 협의해 절충을 거듭하여 〈민족공동체 통일방안〉을 마련하게 된 것이다. 그 뒤 10여 년에 걸쳐 적지 않은 우여곡절이 있었으나 아직도 그 방안이 대한민국의 통일방안이라는 데 큰 이론이 없는 것은 오히려 세력 분점이 낳은 타협의 정치 덕택이라고 말할 수 있다.

〈민족공동체 통일방안〉을 탄생시킨 80년대 말의 통일 열기가 그 뒤 식어간 것은 아니겠지만 근래에 들어 다소 질적으로 변화된 듯한 의문이 제기되고 있다. 첫째, '우리 민족의 구성원은 누구인가'에 대해 모호하게 표류하고 있다. 〈민족공동체 통일방안〉 마련을 위한 그때의 논의는 민족과 국가체제를 동일시하지 않고 체제는 다르더라도 민족은 하나라는 전제에서 출발했다. 그러기에 남북으로 갈린 두 국가체제의 국민은 물론이며 한 걸음 더 나아가 해외동포들도 민족공동체의 구성원이라는 원초적 민족감정을 재확인했던 것이다. 그러나 오늘날 우리는 국가를 기본단위로 한 국제법이나 국적법에 의거한 '국민'과 민족공동체 '구성원'의 관계를 분명히 정의하지 못한 혼란 속에서 심각한 시련을 겪고 있다. '동포는 누구인가'에 대한 진지한 국민적 논의가 아쉬운 때다.

둘째, '통일은 언제 이루어질 것인가'에 대해 과거의 열기에서 벗어난 소극적인 기류가 확산되고 있는 것이다. 80년대 말에는 88올림픽이나 독일 통일 등이 통일에 대한 과도한 낙관론을 부추겼는지도 모른다. 그러나 냉전이 끝나고 우리가 러시아, 중국, 베트남 등과 긴밀한 관계를 날로 증대시키는 이 마당에 민족통일에 대한 비관론에 휩싸일 필요는 없다. 예컨대 수도 이전을 위한 논의의 경우 20~30년 안에 통일이 되겠느냐는 회의를 근거로, 통일 이후는 염두에 두지 않고, 지금의 인구과밀 해소나 지방분권만을 목적으로 이전을 추진한다면 확실히 재고해야 할 문제다. 그러기에 통일 추진세력 및 단체들로부터 수도 이전에 대한 의사 표시가 확실하지 않은 점은 다소 의아한 일이 아닐 수 없다.

나라가 어려운 고비를 넘을 때일수록 민주주의의 제도화를 후퇴시키거나 민족통일로 향한 믿음을 흔드는 경거망동을 정치인은 자제하고 국민은 경계해야 할 것이다.

2003년 12월 8일

'보전保全세력'을 기다린다

이번 설에는 지난 한 해 지속적인 화두였던 개혁보다는 우리가 소중히 아끼며 지켜 가야 할 전통과 가치는 무엇인가, 즉 사회보전社會保全에 대해 논의해 보는 것이 나름대로 의의가 깊다고 생각한다. 그것은 명절이면 느끼는 과거와 고향에 대한 향수 때문만은 아니다. 오히려 세계화, 정보화의 물결 속에서 발전과 변화에 가속도가 붙다 보니 비인간화 또는 인간성의 상실에 대한 위기감이 짙어지고 있기 때문이다. 어느 사회나 마찬가지로 우리 사회에도 여러 집단이나 계층 간에 수많은 갈등과 충돌이 일어나고 있다. 그러나 우리를 가장 불안하게 하는 것은 그러한 갈등이나 충돌보다도 공동체를 지탱하는 공통의 사회가치나 규범이 흔들거리고 중심이 흐트러진다는 것이다. 설날, 우리는 가족과 이웃의 따뜻함을 다시 확인하는 계기가 되겠지만 어쩐지 나라와 민족을 하나로 묶어 주는 끈끈함이 엷어지는 듯싶은 허전함을 떨쳐버릴 수 없다.

해를 거듭할수록 자연보호와 환경보전에 대한 국민의식이 높아

가고 시민운동이 활발해지는 것은 참으로 다행한 일이다. 그러나 자연이나 환경의 보전에는 지대한 관심을 쏟는 것과 달리 사회보전, 즉 공동체의 가치나 규범, 전통을 지키고 가꾸어 가는 노력은 너무나 저조했다. 무엇이 우리가 소중히 지켜 가려는 전통이며 가치인가에 대한 국민의 역사의식과 시민적 선택이 있을 때만 사회보전은 가능하다. 그럼에도 식민지 시대의 부끄러움이나 분단 시대의 아픔 때문에 우리의 과거를 망각이나 비판의 대상으로 치부하려는 본능적 충동이 우리 안에서 작용하고 있는지도 모른다. 그러나 우리의 사회적, 인간적 정체성은 어디까지나 우리가 함께 경험하며 살아 온 우리의 역사 속에 존재하며 이를 지키고 다듬어 가야 할 의무가 우리에게 있는 것이다.

요즈음 국가정책의 우선순위를 논의하면서 개혁과 실용주의를 선택의 두 축으로 제시하는 경우가 많다. 그러나 개혁과 실용주의는 다 같이 변화나 발전을 위한 전략적 선택의 기준이다. 이러한 변화와 발전 과정에서 반드시 유지되고 계승돼야 할 우리 공동체의 가치나 규범이 무엇인가, 즉 사회보전에 대한 관심이나 기준이 없다면 개혁이든 실용주의든 심각한 정체성의 위기를 가져오게 될 것이다. 변화에 대한 전략과 사회보전에 대한 인식이 창조적 균형을 이루었을 때 비로소 진정한 공동체의 발전을 기약하게 되는 것이다. 유토피아를 꿈꾸는 이데올로기 시대의 흥분이 말끔히 가시지 않은 상황에서는 자유, 평등, 자주, 통일 등의 목표가 절대적 권위를 가지고 강조될 수 있다. 또한 고도성장을 목표로 한 시장만능주의도 걷잡을 수 없이 팽배할 수 있다. 이와 같이 풍선처럼 부풀어 날아가기 쉬운 이들을 어떻게 우리가 살고 있는 이 땅으로 붙잡아 둘 것인지, 어떻게 우리의 전통을 살아 숨쉬는 사회가치나 규범에 접속시켜 지켜 갈 것인지, 이것이 우리 시대의 과제라 하겠다.

자연과 환경과 사회를 함께 보전하는 데 앞장설 새로운 정치운동의 전개를 우리는 기다리고 있는지도 모른다. 기득권 보호에 전념하는 보수가 아닌 진정한 보전세력Conservative이 태동할 수도 있지 않을까. 오늘날 영국의 보수당은 기득권 보호보다는 영국적 전통을 보전하는 가운데 국가와 사회발전을 기약한다는 입장에 서 있다. 우리의 경우도 역사와 전통을 창조적으로 재인식해 민족공동체의 정체성을 확립하고 나라의 격을 한층 더 높여줌으로써 사회보전의 차원에서도 자신있게 선진국 대열에 진입할 수 있기를 기대한다.

이번 설날 저녁에는 내년 독일 월드컵 출전권을 놓고 우리 선수들이 쿠웨이트와 한판 예선전을 벌인다. 2002년 월드컵에서 우리가 만들어 낸 4강 신화는 아직도 우리의 가슴을 설레게 한다. 한편 지난해 내내 그 기세가 등등해진 한류돌풍은 새해에도 계속해 불어치고 있다. 일본을 비롯한 아시아 전역으로 확산되는 한류의 물결은 우리에게 무한한 자부심을 안겨 준다. 그러나 우리는 무작정 흐뭇하기만 할 것이 아니라 지금쯤 냉철하게 우리 자신에게 물어야 한다. 정말 우리가 아끼고 자랑스러워하며 아시아와 세계에 전파하고 싶은 한국적 가치와 아름다움은 무엇인가, 그리고 이러한 가치와 아름다움을 세계사의 흐름 속에서 어떻게 보전하며 창조적으로 발전시켜 나아갈 것인가.

2005년 2월 7일

3·1절에 다시 생각해 보는 통일

광복 60년, 분단 60년을 맞는 올 3·1절에는 무엇보다 민족통일에 대한 생각을 하지 않을 수 없다. 그것은 당장 눈앞에 닥친 북한 핵 문제 때문이라기보다 1백 년 가까이 우리를 묶어 두고 있는 민족적 비운의 역사에 종지부를 찍을 때가 되었다고 믿기 때문이다.

1919년 3월 우리의 선조들이 터뜨린 독립운동의 열기는 45년 일제의 패망으로 35년에 걸친 식민지에 광복을 가져다주었다. 그러나 이어 우리는 국토와 민족의 분단이라는 아무도 예측하지 못했던 비극을 또다시 맞게 되었다. 식민지 35년, 분단 60년을 합한 95년이라는 긴 세월 동안 우리는 통일된 독립국가를 갖지 못하고 살아왔다. 이런 우리의 슬픈 역사가 1백 년을 넘지 않도록, 즉 5년 뒤인 2010년을 지나기 전에 3·1운동에서 비롯된 민족의 대행진이 민족통일로 마감될 수 있는 역사적 계기로 이어지기를 바라는 것이다.

국민통합은 민족통일로 향한 전제조건이며 필요조건이다. 3·1 독립선언이 "2천만 민중의 성충誠忠을 합하여" 포명되었듯 통일 노력은 4천8백만 국민의 뜻이 모아졌을 때만 그 성공을 기약할 수 있다. 애국심의 경쟁이나 통일세력과 반反통일세력으로 국민을 양분하는 소아적小兒的 작태는 우리 사회에서 더 이상 용납될 수 없다. 우리 국민이면 누구나 통일을 원하고 있다는 믿음을 전제로 통일 노력은 전개돼야 한다. 지금 우리가 경계해야 할 최대의 걸림돌은 분단 상황의 장기화와 혼돈을 틈타 국민의식 속으로 스며들고 있는 통일에 대한 체념과 무관심이다.

첫째, 통일에 대한 국민의 열정을 식혀 버리는 통일비용론의 확산을 경계해야 한다. 과거에 흔히 지적됐던 이른바 기득권에 대한 집착이나 공산화에 대한 공포보다 통일이 가져올 막대한 비용과 이로 말미암은 경제의 파탄, 생활수준 저하에 대한 우려가 많은 국민을 통일에 대해 주저하게 만들고 있다. 유럽 최강의 경제대국이었던 서독이 통일 뒤에 겪고 있는 경제적 시련을 우리 국민은 예사롭지 않게 바라보고 있다. 옛 동독과는 비교조차 무의미할 정도로 극심한 경제파탄과 체제 고립으로 허덕이는 북한의 실상을 접할 때마다 통일에 대한 우리 국민의 감정이 착잡해지는 것은 당연한 것이다.

하지만 통일비용에 대한 과도한 우려는 더 큰 역사적 손익계산을 그르칠 위험이 많다. 아마도 우리는 독일보다 훨씬 많은 통일비용을 지불하게 될 것이다. 그러나 우리는 지난 60년 동안 독일과는 비교도 되지 않는 막대한 분단비용을 계속 치르고 있다는 엄연한 사실을 한시라도 간과해서는 안 된다. 전쟁으로 말미암은 엄청난 희생, 그리고 분단 60년째인 지금도 1백만 대군이 휴전선에서 대치하고 있는 낭비만 꼽더라도 우리의 분단비용이 얼마나 큰 것인가를 알 수 있다. 〈3·1 독립선언서〉가 일제 강점으로 말미암은 민족의 수모와 피해를 열거했듯이 오늘의 우리는 60년 동안 계속되는 분단이 세계사의 흐름 속에서 우리 민족의 발전과 도약을 얼마나 저해하고 있는지를, 즉 엄청나게 지불되고 있는 분단비용에 대해 되새겨 봐야 한다. 언젠가 통일의 기회가 왔을 때 비용 때문에 갈라졌던 가족과 민족의 결합을 주저하거나 지연시키는 몽매한 민족이 아님을 우리 스스로 다짐해야 될 것이다.

둘째, 늘 큰소리로 통일을 외치면서도 국가경영이나 정치활동의 일상적 차원에선 이를 슬그머니 외면해 버리는 편의주의의 만연도 경계해야 한다. 예컨대 수도 이전 또는 행정도시 건설의 문제는 찬반 입장을 떠나 일단 통일에 대한 국가적 비전과 연계시켜 논의하는 것이 마땅하다고 생각한다. 20~30년이 소요되는 계획을 세우면서도 그동안에 통일은 이뤄지지 않을 것 같다는 적당주의나 통일문제와 얽혀 이전 논의가 더욱 복잡해지는 것을 우회하려는 편의주의를 아무런 저항 없이 받아들이는 것은 매우 유감스러운 현상이 아닐 수 없다. 이 문제를 논의하는 과정에서 통일부와 국회 외교통일위원회의 역할에 얼마나 큰 무게가 실리고 있는지 걱정된다.

독일통일이 우리에게 보여 준 교훈이 있다면 통일은 예상 밖으로 빨리 또는 갑자기 들이닥칠 수도 있다는 것이다. 올 3·1절에는 그 교훈을 되새기며 겨레의 앞날을 가늠하는 것이 시운에 순응하는 길일 것이다.

2005년 2월 28일

24

'한반도 비핵非核 8원칙'뿐이다

한반도 비핵화는 김일성 주석의 유훈으로 반드시 지켜져야 하겠다는 김정일 국방위원장의 발언은 그가 정동영 통일부 장관과 나눴던 평양 대화에서 가장 주목할 대목임에 틀림없다. 한반도에 단 한 개의 핵무기도 존재하지 않는 완전한 비핵화만이 7천만 우리 민족의 안전을 확실히 담보하는 최선의 길임을 재확인한 발언이다. 즉 핵무기를 갖지 않는 것만이 우리 민족의 안전을 유지할 수 있다는 〈비핵화 공동선언〉의 원칙으로 회귀할 뜻을 밝힌 것이다.

핵무기가 한순간에 얼마나 가공할 만한 피해를, 아니 파멸을 가져오는가는 이미 60년 전 히로시마의 비극에서 역력히 증명되지 않았는가. 그로부터 60년이 지난 오늘에도 핵무기에 대한 공포는 날로 확산되고 있다. 지난 달 열렸던 유엔헌장 조인 60주년 기념 행사에서도 국제사회의 지도자들이 보인 최대 관심사는 핵무기의 확산과 통제의 문제였다. 핵무기 최대 보유국인 미국의 국방장관을 역임했던 로버트 맥나마라는 인류의 파멸을 몰고 왔을 핵전쟁의 촉발에 근

접하였던 1962년 쿠바 미사일 위기를 회상할 때마다 지금도 악몽에 시달린다고 실토했다. 올해 89세인 그가 반핵 운동에 적극 참여하고 있는 이유를 알게 해 주는 대목이다. 이렇듯 핵무기와 테러리즘의 위협에 대한 우려가 세계적으로 고조되는 가운데 분단과 대치로 60년을 걸어온 한반도에서 새삼 〈비핵화 공동선언〉이 남북 관계를 풀어가는 열쇠로 등장하게 된 것은 그 역사적 의의가 크다 하겠다.

광복 60주년을 맞는 이 시점에서 우리는 민족에게 가장 중요한 것이 무엇인가를 다시금 생각해 보는 지혜와 여유가 필요하다. 식민지의 쓰라린 경험에서 벗어난 우리가 독립 국가의 건설과 수호에 최대 가치를 부여한 것은 당연했다. 그러나 국민 없는 나라가 있을 수 없다는 이치에 따라 국민의 인간적 권리와 복지에 근거하지 않는 국가적 목표는 민족사회에 이상異常을 초래할 수밖에 없음을 잊어서는 안 될 것이다. 그러기에 '인간 안보'는 '국가 안보'에 못지않게 중요한 것이며, 이는 우리 민족의 전통적 가치관인 홍익인간弘益人間과 일치하는 것이다.

따라서 전쟁과 평화의 기로에서도 인간 안보에 근거한 가치가 선택의 기준이 되어야 하는 것은 당연하다. 국민의 안보와 복지를 도외시한 채 추구하는 정권 유지의 시도가 '주권 불가침의 교리'로 정당화되던 시대는 이미 지나가 버렸다. 17년 전 민족 앞에 남북이 약속한 〈비핵화 선언〉의 정당성도 바로 여기에 있는 것이다.

이번 주에 재개되는 6자회담은 우리는 물론 전 세계의 눈이 집중되고 있다. 미국과 북한이, 특히 북한이 위기 극복의 실마리로 이른바 전략적 선택을 할 수 있도록 우리는 간절히 바라고 있다. 이 경우 전략적 선택이란 단순한 국가나 정권 차원의 고려를 넘어 '인간 안보', 즉 7천만 민족의 안보를 선택의 우선 기준으로 삼겠다는 의지를 전제로 한 것이다. 그러한 선택을 위해서는 지난날의 고정관념부터 과감히 털어버려야 한다. 예컨대 한·미 동맹관계는 북한을 위협하기보다 오히려 북에 대한 미국의 군사적 대안을 제한하는 기능을 가지고 있음을 주시해야 된다. 아직도 미군 철수를 유도해 한꺼번에 남북 균형을 바꿔 놓겠다는 환상이 남아 있다면 이 또한 조속히 바로잡아야 할 것이다.

핵 문제에 부분적인 해결책은 없다. 지금은 오로지 14년 전 남과 북이 7천만 민족에게 약속하고 전 세계에 공표한 〈비핵화 공동선언〉을 함께 지켜 나가며 민족의 안보를 재확인할 시점에 이르렀을 뿐이다. 한반도에서 핵무기의 '시험, 제조, 생산, 접수, 보유, 저장, 배치, 사용'을 금지한 '비핵 8원칙'을 철저히 지켜 나가야 한다. "검증을 위해 상대방이 선정하고 쌍방이 합의한 뒤 남북 핵통제공동위원회의 절차로 사찰할 수 있다"는 합의는 국제원자력기구IAEA와의 합의에 못지않게, 아니 그보다도 더 큰 구속력을 갖고 존중되어야 한다.

11년 전 오늘, 1994년 7월 25일은 최초의 남북 정상회담이 평양에서 열리기로 예정되었던 날이다. 그날로부터 17일 전인 7월 8일 김일성 주석은 갑자기 세상을 떠났다. 민족의 불운이었다. 그는 남북 관계를, 그리고 북한 체제를 시대적 상황에 맞춰 획기적으로 전환시킬 용의가 있었다고 믿는다. 그러기에 김 주석의 유훈을 받들겠다는 김정일 위원장의 발언을 재삼 주목하는 것이다.

2005년 7월 25일

반성이 앞서야 할 광복 60주년

광복 60주년을 맞는 우리 국민의 감회는 각자의 연륜, 경험, 처지에 따라 다를 수밖에 없을 것이다. 60년이란 결코 짧지 않은 세월이며 그동안에 우리는 너무도 많은 우여곡절의 삶을 살아왔기 때문이다. 그러기에 1945년 8월 15일의 감격을 생생히 기억하는 세대, 즉 칠순 넘은 노인층은 60년 전을 돌이켜 그들이 환호하며 맞이했던 광복의 기쁨과 감격을 되새기면서도 다른 한편 지난 60년 동안의 역사 흐름에 대한 아쉬움과 불안을 떨쳐 버리지 못하고 있다. 그것은 무엇보다도 세대 간의 갈등이 심화하면서 국민의 역사인식이 각양각색으로 단층화斷層化되고 국민적 합의나 화합보다는 파편화破片化의 증세를 보인다고 우려하기 때문이다. 지난 60년 동안 우리가 걸어온 발자취를 한 묶음으로 이해하려는 노력과 교육이 허술했음을 반성하지 않을 수 없다.

첫째, 우리가 성취한 성공의 대가를 적절하고 공정하게 지불했는가. 지난 60년 동안에 우리는 세계가 놀랄 만큼의 대단한 성공을 거

28

두었다. 해방 후 혼란 속에서 대한민국을 건국하는 데 성공했고, 6·25를 포함한 냉전의 소용돌이 속에서 나라를 지켜 내는 데 성공하였으며, 열악한 빈곤의 늪에서 세계 11위의 경제대국으로 도약하는 산업화에 성공했음은 물론, 마침내는 권위주의 체제로부터 평화적으로 탈출하는 민주화에도 성공했으니 스스로 자랑스러워할 당당한 권리가 있다고 자부한다. 그러나 어떠한 성공에도 이를 가능케 하는 대가와 희생이 뒤따른다는 단순한 진리를 우리는 외면하거나 망각한 경우가 허다했다.

대한민국 건국의 성공은 분단의 고착화란 대가를 치러야 했고, 국가 안보의 성공은 우리 국민의 상당수를 연좌제를 비롯한 무고한 처벌과 심각한 인권침해의 희생물로 만들었으며, 산업화의 성공도 빈부격차를 해소하거나 흘린 땀에 비례하는 보상을 지불하는 데는 턱없이 부족했고, 민주화 과정의 희생과 공헌을 인정하고 이를 개혁 전반으로 이어 나가는 데도 매우 부진했다. 이렇듯 성공의 대가와 희생 및 부작용의 문제에 그동안 제대로 대처하지 못해 온 역대 정권과 사회 중심세력은 자성의 노력을 게을리해선 안 될 것이다.

둘째, 역사가 우리에게 남겨준 교훈을 소홀히 여기고 같은 잘못을 되풀이하는 집단적 우愚를 범하고 있지는 않은지. 역사의 교훈을 망각한 민족에게는 장래가 없다는 경구는 바로 우리에게도 해당되는 중요한 교훈이다. 19세기 말로부터 1910년 일본에 나라를 빼앗겼던 시기와 1945년 해방 후 혼란기에 공통으로 작용한 상황의 논리는 뚜렷했다. 강대국에 둘러싸인 약소국이 살아남으려면 외부 환경에 대한 냉철한 이해와 판단이 앞서야 하며 내부적으로는 지도층의 확실한 방향 감각에 따른 국민적 단합이 필수적이라는 것이다. 그러나 우리는 바깥 사정에는 어둡고 안으로는 분열을 일삼다가 급기야 나라를 망쳐 버리고 말았다. 바로 그 역사의 교훈을 광복 60주년을 맞는 오늘에는 절대로 잊지 않고 있다고 장담할 수 있는가 하는 데서 우리의 우려와 반성은 비롯되는 것이다.

지난 20세기에 겪은 수난과 시련의 역사 속에서 우리는 주권 회복과 국가 건설에 열중한 나머지 이들을 받쳐 주어야 하는 사회공동체를 키워나가는 데 소홀하였음을 인정하지 않을 수 없다. 그러기에 광복 60주년을 맞는 오늘에 다시금 우리는 함께 살아가는 민족공동체 건설에 힘과 지혜를 힘껏 모으겠다는 다짐을 새롭게 해야겠다. 역사는 연속되는 것이며 단절이나 토막을 낼 수 없다. 지난날의 영광과 치욕은 다 같이 우리가 계승한 역사의 일부이며 우리가 과거를 반성하는 것은 과거에 얽매이는 마음의 족쇄로부터 스스로를 해방시켜 미래를 창조하기 위한 자율적 노력인 것이다.

반성은 철저해야 하고 자발적이어야 한다. 그 바탕 위에서 공功을 칭찬하는 데 인색하지 않고 과過를 꾸짖는 데 너그러운 관용과 아량의 미덕을 살려 민족공동체 건설에 박차를 가해 미래로 전진해야 하는 시점이다. 하늘은 스스로 돕는 자를 돕는다. 우리가 슬기로운 민족임을 자부하며 단합된 민주공동체로 전진하면 통일을 축하하는 대단원의 광복절을 맞는 날도 멀지 않을 것이다.

2005년 8월 15일

한국이 통일을 기약하려면

　우리가 진정으로 통일을 앞당기고 싶다면 과도한 감격이나 열정, 흥분으로부터 안정을 찾고 근거 없는 환상이나 기대에 휘둘리지 않아야 한다는 것이 독일 통일 15주년과 한국 분단 60주년을 맞아 열린 한·독 심포지엄의 결론이다. 우리는 독일 통일을 축하하고 부러워하면서 그들에게 성공의 비결이나 묘수를 들을 수 있을까 하는 희망으로 독일 측 참석자들의 발언을 주의깊게 경청했다.

　독일 통일 주역의 한 사람인 겐셔 전 외무장관이 강조한 통일과 국제환경의 함수관계는 시사하는 바가 매우 컸다. 독일의 통일은 유럽통합이라는 큰 파도를 탔기에 가능했다고 그는 단언하고 있다. 1989년 미테랑 프랑스 대통령은 그와의 면담에서 '독일 통일에 대한 영국의 태도는 매우 소극적인데 과연 프랑스의 입장은 무엇인가'라는 질문에 독일의 통일이 유럽의 통합이란 큰 흐름의 일부로 그 테두리 안에서 진행되고 유럽연합의 정신과 의무에 충실하겠다면 프랑스는 이를 적극 지지하겠다는 확실한 대답을 주었다고 회고했다.

그리고 고르바초프가 이끄는 소련과 미국의 이해관계가 독일 통일에 관해 별다른 갈등 없이 일치했던 것도 반드시 기억해야 한다고 그는 지적했다.

이러한 독일 통일과 유럽통합의 긍정적 함수관계에 견주어 오늘날 동아시아의 국제환경과 한반도의 관계는 너무나 큰 불안 요소들을 안고 있다. 더욱이 중국이나 일본과 같은 큰 나라가 지역공동체에 대한 이상보다는 각자의 국가적 위상 제고에 전념하는 듯싶은 새로운 내셔널리즘의 증후를 내비치고 있기 때문이다. 인공위성의 성공적 실험에 열광하는 중국 국민의 자부심이나 고이즈미 총리의 야스쿠니신사 참배 강행을 지켜보는 일본인의 마음에서 주변의 크고 작은 지역국가들과 함께 번영하자는 공동체 정신을 기대하기는 어렵다고 보인다. 15년 전 독일의 통일을 가능케 한 유럽의 분위기와는 너무도 큰 차이가 있다. 중국과 미국 관계 또한 날로 증대되는 통상 규모에도 불구하고 정치와 안보 차원에서 많은 긴장 요인이 작동하고 있는 것도 사실이다.

이러한 지역 국제관계의 불안정에 더하여 한반도 주변국가들이 과연 한국의 통일을 원하고 있는지도 불확실하다는 것이 겐셔의 진단이었다. 그러기에 동아시아의 모든 국가가 아무런 두려움이나 회의를 갖지 않도록 통일한국의 미래상을 확정해 이를 국제사회에 널리 주지시키는 작업이 무엇보다 앞서야 한다고 그는 강력히 권고한다. 한 걸음 더 나아가 한국의 통일이 어떻게 동아시아 공동체 건설과 궤를 같이하며 상호작용을 일으킬 수 있는가도 설득력 있게 제시돼야 한다는 것이다. 북핵 위기로 비롯된 6자회담은 바로 그러한 한국의 필수적 외교 전략을 펼칠 수 있는 좋은 기회임에 틀림없다고 그는 희망적 관찰을 덧붙여 말했다.

통일에 성공한 독일과 아직도 분단의 시련을 겪고 있는 한국이 처한 안팎의 여건에는 엄청난 차이가 있다. 북한은 동독에 견주면 얼마나 어려운 상대인가. 따라서 독일의 경험에서 어떠한 교훈을 얻고자 하는 것이 우리의 경우 오히려 오해와 혼란을 자초할 수도 있다고 겐셔를 비롯한 많은 독일인은 지적한다. 이뿐만 아니라 통일로서 만사가 해결될 수 있다는 허황된 낙관은 철저히 경계해야 한다는 것이다. 그것은 통일을 체념하라는 것이 아니라 과격하고 성급한 행동을 자제하고 냉정하게 장기적인 전략을 세워 통일의 여건을 더 성숙시켜 가라는 충고이기도 했다.

1989년 통일원 장관실에 들렀던 겐셔는 얼마 뒤 다가올 독일 통일을 예견하지 못하고 있었다. 한국의 통일도 언제라도 뜻하지 않게 찾아올 수 있다는 오늘의 그의 결론은 우리에게 결코 희망을 잃지 말라는 우정 어린 격려가 아니었을까.

2005년 10월 24일

'통일지상주의' 신화에서 깨어나자

대선 후보들이 꿈틀거리고 '개헌' '연정' 등 정치적 구호가 난무하며 정당과 계파 간의 이합집산으로 술렁이는 지금 우리는 잠시나마 한국 정치가 다시 활력을 되찾고 있는 듯 착각에 빠질 수도 있다. 그러나 국민으로서는 누가, 무엇을, 어떻게 하겠다는 것인지 도무지 혼란스럽기만 하다. 국정 목표나 기본 이념의 혼돈, 우선순위의 부재로 말미암은 한국 민주정치의 공백은 이미 위험수위를 넘어선 지 오래다.

이러한 혼돈은 국가와 공동체가 지향하는 목표나 이념 사이에 존재하는 엄연한 차이를 외면하고 우선순위를 무시한 채 모두를 한통속에 넣고 흔드는 정치적 작태에서 비롯된 것이다. 통일, 민주, 안보, 평화, 복지, 성장, 분배, 정의 등 모두를 한꺼번에 추구하는 '뒤죽박죽형'의 미숙한 자세가 너무나 오랫동안 한국 정치에서는 허용돼 왔다. 그러한 잘못된 관행은 '좋은 것은 모두 내가 하겠다'고 내세우는 것이 가장 많은 국민의 지지를 얻는 지름길이란 원시적 욕심과 계산에서 비롯된 경우가 대부분이다. 다른 한편, 특수한 역사인식이나 이념 성향에 따라 의도적으로 대중을 호도하는 경우도 없지 않다. 예를 들면 통일지상주의가 민주화, 복지화, 반세계화 등과도 유기적으로 연계될 수 있다는 맹목적인 주장이 실증적 설명 없이 종교적 신조처럼 유포되는 것을 주변에서 자주 봐 오지 않았는가.

이러한 국가 목표와 정치이념의 혼돈이 초래한 '뒤죽박죽'의 대가가 얼마나 크고 심각한지에 대한 반성과 지적이 근래 들어 여러 곳에서 대두되고 있는 것은 매우 다행한 일이다. 보수나 진보라는 이념의 스펙트럼을 넘어 많은 지성인이 우리 사회의 이념적 혼돈과 공백에 대한 진단과 처방을 진지하게 시도하고 있다. 그 가운데서도 최장집 교수가 통일과 평화, 민주주의의 관계를 한국 현실에 맞게 정의하려는 노력을 주목한다.

한마디로 통일지상주의의 신화나 꿈으로부터 빨리 깨어나야 한국의 민주화는 제대로 진전될 수 있다는 것이 최 교수의 주장이다. 통일에 궁극적인 가치를 두는 민족주의적 역사관은 냉전반공주의에 바탕을 둔 분단국가 건설, 권위주의 국가에 의한 산업화와 그로 말미암은 사회경제적 조건의 변화, 민중의 출현에 따른 민주화 성취, 그리고 남북한 사이의 사회구조와 발전 정도의 극심한 비대칭 등이 가져온 문제들을 함께 이해할 수 없으며, 그로부터 발생하는 위기와 갈등을 해결할 수도 없다는 것이다. 한국 현대사에서 전혀 예상하지 못했던 새로운 상황은 남북한 사이의 경제 발전 수준, 사회 역량, 정치 안정성 등 거의 모든 면에서 극복하기 어려운 커다란 격차를 만들었다는 최 교수의 진단은 지극히 타당하고 예리하다. 이렇듯 남북 간에 뚜렷한 격차가 존재하는 상황에서 조급히 시도되는 통일은 폭력 사태나 극심한 고통을 초래할 수 있다고 그는 경고한다.

통일지상주의에서 야기되는 문제도 결국은 정치이념이나 과도한 목표의 단순화에서 비롯된 것이다. 통일의 추구가 평화를 깨뜨릴 수도 있고, 평화를 위한 노력이 통일을 지연시킬 수도 있다는 단순한 논리를 외면해서는 안 된다. 마찬가지로 통일이 민주화를 보장하지 못하며 민주화가 통일을 수반하는 것도 아니다. 그러기에 무엇보다 통일, 평화, 민주란 이념이나 목표 사이의 차이를 분명히 인식하고 우선순위를 선택하는 것이 중요하다. '분명한 것은 평화는 통일보다 더 중요한 가치라는 사실'이라고 최 교수는 단언한다. 더욱이 대부분의 국민은 자유와 민주가 통일보다 우선하는 가치이며 절대로 희생할 수 없다는 입장이다.

오늘의 정치적 공백과 불안을 해소하기 위해서는 국가목표에 대한 정확한 이념 설정과 우선순위 선택을 폭넓은 국민적 대화를 통해, 그리고 최대한의 국민적 합의를 통해 이룩하는 작업이 시급히 선행돼야 한다. 보수든 진보든 구시대적 교조주의의 족쇄를 과감히 풀고 민주화의 완성과 갈등 해소를 위해 국민 대다수가 이해할 수 있고 실현 가능한 지표를 제시하는 지도자와 정치집단의 부상을 역사는 기다리고 있다.

2005년 11월 14일

한·미 자유무역협정보다 더 큰 과제

한·미 자유무역협정FTA 체결 과정에서 보듯이 한국 정치의 이념 분포도에는 예전과 다른 변화가 있었다. 노무현, 김대중, 이명박, 박근혜는 자유무역협정 체결의 찬성 편에 함께 섰으며 유력 신문들도 예외 없이 이를 지지하고 격려하는 모습이다. 이러한 변화가 일과성 예외로 끝날지, 아니면 선진화를 위한 개방화로 이어지며 국가 발전 전략의 중심세력으로 이어갈 수 있을지는 속단하기 어렵다. 다만 보수와 진보로 양극화된 이념갈등에 오래 시달려 온 국민으로서는 소수의 이념집단에 의해 좌지우지됐던 민주화 이후의 한국 정치에서 비로소 국민 다수의 생각, 즉 상식에 근거한 중심세력의 출범을 보게 되지 않을까 기대를 갖게 되었다.

한·미 자유무역협정은 산업화와 민주화에 이은 선진화에 대한 국민의 기대와 치열한 국제경쟁 속에서 먹고사는 문제를 우선적으로 해결해야 한다는 긴박한 국민적 요구가 동시에 충족될 수 있는 가능성이 있었기에 비교적 광범위한 국민적 지지를 받을 수 있었다. 그러나 우리 국민이 넘어야 할 더 큰 과제는 이념적 양극화 현상을 극복할 수 있는 중심세력의 성장이다. 더욱이 극단적 독선과 교조주의가 그 어느 영역보다 난무하는 통일·대북정책 분야에서는 국민적 합의를 바탕으로 한 확고한 이념 중심세력의 등장을 기대해 봄직하다.

근래에 한나라당은 지난 몇 년 동안 국민에게 제시하였던 햇볕정책에 대한 부정적 입장을 수정해 나가겠다는 변화된 자세를 보였으며, 그로 말미암아 이른바 대북 포용정책에 대한 국민적 합의의 가능성이 다소 커지는 듯하다. 그러나 여기서 경계해야 할 점은 통일정책의 목표와 방법을 구별하지 못하거나 혼동하는 것이다. 햇볕정책의 기본 논리는 추위에 잔뜩 움츠린 북한으로 하여금 외투를 벗고 긴장을 풀며 평화를 위한 대화와 협력에 응하게 하려면 우선적으로 따뜻한 햇볕을 쬐게 하자는 것이다. 그동안 이러한 논리는 북한 동포에 대한 인도적 지원이라고 하는 공감대와 겹치면서 국민적 지지를 받을 수는 있었다. 그렇지만 햇볕을 쬐이는 그 자체는 방법일 수는 있어도 궁극적 목표가 될 수는 없다. 통일정책의 목표인 새로운 남북 관계와 민족통일로 향한 청사진과 전략이 무엇인지에 대한 국민적 합의는 이루지 못하고 햇볕정책이라는 방법만을 강조한다고 해서 우리 사회에 만연한 이념 분열을 어떻게 극복할 수 있겠는가.

여기서 우리는 20년 전 민주화를 위한 이른바 '1987년 체제'의 출범과 독일 통일로 시작된 냉전의 폐막이란 전환기의 소용돌이 속에서 여소야대의 13대 국회를 중심으로 국민 여론을 폭넓게 모아 성안시켰던 〈민족공동체 통일방안〉이 아직도 유효하다는 것을 기억할 필요가 있다. 국가체제의 완전한 통일은 7천만 민족 구성원이 자유로이 선택할 수 있는 먼 훗날로 미루더라도 수천 년을 이 땅에서 함께 살아온 인연과 유산을 보전하며 세계 어느 나라와도 견줄 수 있는 사회·경제공동체, 즉 민족공동체를 함께 건설하자고 국민적 합의를 이루었던 통일방안이다. 이에 근거하여 1991년 〈남북 기본합의서〉가, 그 이듬해엔 〈비핵화 공동선언〉이 남북의 합의로 발효되어 우리를 흥분시켰다. 어쨌든 민족공동체 건설을 촉진하는 방법으로 햇볕정책은 국민의 지지를 기대할 수 있을지라도 정권이 바뀔 때마다 임기응변으로 통일정책의 목표와 방법이 전도顚倒되는 잘못은 경계해야 할 사안이다.

늦게나마 통일정책에 대한 이념적 갈등을 해소하기 위하여 국민의식을 다시 가다듬어야 할 때다. 첫째, 개방화가 세계사의 주류임을 인정하고 북한을 포함한 한반도가 세계 속의 외로운 섬이 되지 않도록 노력해야 할 것이다. 개방사회의 요건인 인간의 기본권을 존중하고 성취하려는 각오가 있어야 한다. 둘째, '한반도 비핵화'라고 하는 민족의 약속은 반드시 지켜져야 한다. 어떠한 경우라도 민족의 안전을 담보하는 비핵화는 철저히 이행되어야 한다.

'세계 속의 한국'은 무한경쟁에서도 계속 뻗어 나갈 수 있다는 국민적 자신감과, '민족공동체 건설을 위한 햇볕정책'을 충실히 추진한다는 국민적 합의를 바탕으로 하는 한국 정치의 새로운 중심세력의 출현을 기대해 본다.

2007년 4월 16일

정부조직 개편과 통일부

이명박 당선인이 이끄는 새 정부의 출범을 앞두고 정부조직 개편이 논의되는 것은 당연한 일이지만, 통일부의 위치와 장래를 그 범주에 포함시키는 것은 신중을 요하는 일이다. 건국 60주년, 통일부 창설 40주년을 맞는 이 시점에선 통일부의 조직이나 기능에 못지않게 통일정책 추진의 기본자세에 대한 깊은 성찰이 요구되기 때문이다.

통일업무는 국가운영이란 정무적 차원과 남북 관계의 관리운영이란 기능적 차원의 이중성을 지니고 있다. 우선 지난 20년을 돌이켜 볼 때 남북 관계의 관리운영 면에서 통일부는 괄목할 만한 발전과 실적을 쌓아 온 것이 사실이다. 20여 년 전 동서냉전의 막이 내리는 와중에서 〈남북 교류 협력에 관한 법률〉 등 법적 장치를 마련하고 통일연구원 등 조사연구체제를 보완해 〈남북 기본합의서〉를 만들어 냈으며, 그 뒤 두 번의 정상회담을 포함한 남북 접촉·회담·교류의 활성화에 상당한 성과를 거두었다. 또한 북한에 관한 정보의 체계적 수집과 정리, 남북 교류·협력·회담 업무의 추진, 북핵 문제를 비롯한 위기 상황의 관리와 더불어 통일 로드맵과 통일 후 제반 사태에 대한 준비 등은 통일부의 존재 이유를 자명하게 설명하고 있다. 새 정부가 이러한 통일업무 처리의 능률을 한층 올릴 수 있도록 조직을 개선하겠다는 것은 바람직한 일이라 하겠다.

오늘의 당면한 문제와 과제의 초점은 통일업무 가운데 국가운영이란 정무적 차원에 있다. 여기에는 첫째, 살아 숨쉬는 통일의지의 유지와 둘째, 국민적 합의 도출이라는 두 과제가 있다. 대한민국 헌법에 명기돼 있는 우리 민족의 소원인 통일을 반드시 달성하겠다는 의지는 해를 거듭하고 세대가 바뀌어도 통일의 순간까지 계속 보강돼야 하며 그러한 국가적 책무 이행의 실무를 맡고 있는 곳이 바로 통일부이다. 이보다 더 중요한 과제가 있다면 그것은 통일 노력에 대한 국민적 합의를 도출하는 것이다. 남북 관계를 놓고 국민 분열이 심화된다면 통일 달성은 고사하고 대한민국의 앞날에 큰 먹구름을 초래하는 위험을 자초할 수 있다. 그러한 국민 분열의 위험을 예방하고 통일을 중심으로 한 국민적 합의를 조성하는 것이 또한 통일부의 큰 책무이다. 이러한 관점에서 지난 몇 해를 돌아보면 아쉽고 반성할 점이 적지 않다.

일부 통일운동단체가 자신들을 통일의 최일선에 선 기수로 자처하며 그들과 의견을 달리하는 국민들을 반통일 세력으로 몰아치던 독선에 혹시 통일부도 감염되지는 않았었는지 자성이 필요하다. 의견과 입장을 달리하는 국민들과의 대화에 얼마큼 노력을 경주했었는지도 되짚어 보아야 한다. 통일부의 처지에서는 여야가 있을 수 없다. 정치적 대결을 넘어선 대한민국의 통일부로서 국민적 합의와 국회에서 정치적 합의를 일상화하는 데 전력투구하는 것이 통일부의 이상적인 모습이다. 국제정치의 판도와 남북 관계의 변화가 중대한 고비를 맞고 있는 가운데 새로운 정부가 출범하는 지금이야말로 통일부의 그러한 본연의 자세를 확립할 수 있는 최적의 시점이라 하겠다.

40년 전 통일부 발족 때부터 우리가 모델로 삼았던 독일은 19년 전 통일을 달성하는 행운을 경험했다. 독일 통일의 모든 과정에서 여·야인 기민당과 사민당은 정치적 이해관계를 떠나 완벽한 협의와 양해, 그리고 타협의 정치를 이루는 데 성공했다. 우리 대한민국에서도 건국·산업화·민주화·선진화의 성공에 이어 민족의 숙원인 통일을 성취시켜야만 한다. 이를 위한 초당적 노력은 정치적 득실을 떠나 국가적 관행으로 정착돼야 하며 통일의 과정은 물론, 통일 이후의 실무과제까지 종합적으로 관장하는 통일부의 위상이 이명박 정부에서 한층 강화되기를 기대한다.

2008년 1월 3일

한·미 정상회담과 남북 문제

19세기 말로부터 오늘에 이르는 우리 민족의 시련은 세계사의 큰 흐름과 격랑 속에서 적절히 대처하지 못한 데서 비롯된 비싼 대가였다. 21세기 세계화 시대에 접어든 지금까지도 그 시련의 굴레에서 벗어나지 못하고 있는 것도 63년째로 접어든 남북 분단의 비극과, 특히 우리 시대의 주류인 개방에 대한 대처에 북한이 머뭇거리고 있기 때문이다. 이번 주 워싱턴에서 있을 한·미 정상회담에 임하는 우리 대통령은 역사의 예외지대란 족쇄에 묶여 있는 한반도를 어떻게 풀려나게 할 수 있느냐 하는 어려운 과제를 짊어지게 되었다.

우리는 미국이 주도한 20세기의 역사적 변천과정에서 일제 식민지로부터 해방되었으며 60년 전 자유민주주의의 기치 아래 대한민국을 건국하여 오늘에 이르고 있다. 일반적으로 이해되어 온 지정학적 원리를 뛰어넘을 만큼 한·미 동맹관계가 탄탄하였기에 이것이 가능했음을 잊어서는 안 된다. 아시아 대륙 동북부의 전부, 즉 러시아, 중국, 베트남, 그리고 북한이 모두 공산 치하에 들어간 압도적 힘의 불균형을 견뎌내며 오직 한반도의 남쪽에 홀로 남은 대한민국만이 자유민주공화국을 유지할 수 있었던 지정학적 이변은 한·미 동맹이란 특수관계에 의해 만들어진 기적이라 할 수 있다. 북한의 처지에서는 더없이 분하고 억울한 결과였다. 그러나 결과적으로 북한은 세계사의 대세를 외면하고 냉전과 대결의 시대가 시장과 개방의 시대로 전환된 뒤에도 한반도를 역사의 예외지대로 묶어두는 폐쇄와 고립을 택함으로써 국제경쟁에서 '잃어버린 20년'이란 고통을 우리 민족에게 안겨 주었다.

북한이 잃어버린 첫 번째 기회는 20년 전, 즉 1989년 독일 통일로 상징되는 냉전의 장막이 걷히던 시기였다. 새로운 화해의 시대, 개방과 시장의 시대에 적응하려는 우리의 적극적 노력은 1990년 한·소 수교, 1992년 한·중 수교, 그리고 그 시절 합의된 〈남북 기본합의서〉와 〈비핵화 공동선언〉을 만들어 냈다. 이러한 시대 전환에 적응하려는 우리의 노력은 마땅히 '교차 승인', 즉 북·미 수교와 북·일 수교로 이어졌어야 했다. 그러나 북한은 이를 성사시키지 못하였을 뿐 아니라 세계화란 시대 흐름에 역행하는 '우리 식'과 '우리 민족끼리'만을 고집하는 자충수를 택하였으며, 이를 뒷받침하려 핵무기 개발이란 무리수를 두고 말았다. 바로 '잃어버린 20년'의 시작인 셈이다.

북한이 세계적 흐름에서 고립된 예외지대에서 벗어날 수 있었던 두 번째 기회는 〈6·15 선언〉과 미국의 올브라이트 국무장관의 평양 방문까지 진전시켰던 2000년 말께 찾아왔다. 하지만 미국 대선과 정권교체를 의식하였는지 북한은 개방의 선택을 뒤로 미룬 채 북·미 관계 개선의 호기를 흘려 보내고 말았다.

그로부터 8년이 지난 지금, 북한에는 놓쳐서는 안 될 세 번째 기회가 찾아오고 있는 것 같다. 어렵사리 마련된 6자회담의 틀 속에서 합의된 북한의 핵 불능화, 핵 신고, 핵 폐기의 수순을 밟아 가야 할 결단이 필요한 시점이 찾아온 것이다. 바로 이러한 중대한 고비에서 열리는 한·미 정상회담에 우리는 무엇을 기대하고 있는가.

첫째로 '신뢰의 위기'를 극복하는 한·미 간의 신뢰 회복이다. 북한의 개방보다는 고립과 폐쇄를 조장하는 '우리 민족끼리'라는 환상에 우리가 동조하는 듯 보였다면, 그리고 그것이 한·미 동맹의 기반을 흔드는 반미 감정으로 이어졌다고 오해되었다면, 이번 정상회담이 이를 해소시킬 수 있는 좋은 기회가 될 것이다.

둘째는 튼튼한 한·미 관계의 복원을 바탕으로 남한, 북한, 그리고 미국의 삼각관계에 대한 우리의 고정관념을 떨쳐 버려야 한다. 이른바 북한의 '통미봉남通美封南' 전략에 우리는 더 이상 과민 반응할 필요가 없으며 북·미 간 대화로 북한의 비핵화를 마무리짓고 개방을 촉진할 수 있다면 설사 우리가 그 대화에 참여하지 않더라도 크게 개의할 것이 없는 것이다. 우리의 목표가 한반도의 예외지대화와 한민족이 '역사의 고아'가 되는 것을 막겠다는 것이라면 북한의 결단을 촉구하며 더불어 도울 수도 있다. 하나의 시장 속에서 다원화된 여러 체제가 평화와 번영을 함께 추구하며 공존하는 것이 세계사의 대세다. '비핵·개방·3000'이란 전략도 남북한과 4강의 교차승인이 이루어져 한반도와 한민족이 역사의 주류에 복귀하는 것을 궁극적 목표로 삼아야 할 것이다.

2008년 4월 14일

〈7·7 선언〉과 민족공동체 통일

20년 전 오늘, 정확히 1988년 7월 7일 발표된 〈민족 자존과 통일 번영을 위한 특별선언〉을 지금껏 기억하고 있는 사람은 그리 많지 않으리라 생각된다. 그러나 바로 그 〈7·7 선언〉은 냉전의 막이 내리는 세계사의 획기적인 변화와 이에 순응하여 새로운 남북 관계를 찾으려는 우리의 노력을 극적으로 반영하는 것이었다. 그로부터 20년이 지난 오늘, 통일로 향했던 그때의 희망과 흥분은 맥없이 사그라졌으며 불투명해진 남북 관계의 앞날에 대한 걱정만이 더욱 짙어지고 있는 것이 현실이다. 이렇듯 시계視界가 흐려질 때일수록 조급하게 활로를 찾으려 헤매기보다 과거 우리가 걸어온 길을 되짚어 보며 행진의 연속성과 그 방향의 타당성에 대해 숙고해 보는 지혜가 필요하다.

〈7·7 선언〉이 나오던 88년 여름은 곧이어 열릴 올림픽 때문에도 평화와 화해에 대한 기대로 부풀어 있었다. 전 세계가 참여하는 화해 마당의 잔치에서 주인공이 된 한국인은 직선으로 뽑힌 대통령과 여소야대의 국회로 상징되는 민주화의 성공으로 한껏 높아진 주인 의식을 갖게 되었기에 민족통일로 향한 새로운 노력을 펼쳐야겠다 는 국민적 합의 조성은 당연한 결과였다.

자주·평화·민주·복지의 원칙에 바탕을 둔 남북 간의 상호 교류·개 방·협조, 특히 교차승인을 전제한 국제사회의 협조를 제시한 〈7·7 선언〉은 곧바로 새 통일방안을 만드는 작업으로 이어졌다. 국회에서 여야가 함께 통일특위를 중심으로 국민의 의견을 수렴, 1989년 9월 발표된 〈민족공동체 통일방안〉은 경제·사회·문화 등 모든 분야에서 7천만 동포가 참여하는 민족공동체를 건설하려는 남북 공동작업의 청사진이었다. 곧이어 〈남북 기본합의서〉가 1991년 말 채택되었고 "핵무기의 시험·제조·생산을 하지 아니하고 핵 재처리시설과 우라 늄 농축시설을 보유하지 아니한다"는 한반도 〈비핵화 공동선언〉에 합의함으로써 우리 민족은 물론 국제사회에도 한반도 평화에 대한 큰 기대를 안겨 주었다.

90년대 초 냉전 종료에 발맞추어 이렇듯 긍정적으로 출발했던 남 북 관계 개선과 민족공동체 건설로 향한 드라마가 채 2년도 가기 전 에 긴장과 불신의 어두운 터널로 되돌아가 오늘에 이른 경위를 어떻 게 이해해야 할 것인가. 지금에 와서 어느 한쪽의 책임을 따지는 부 질없는 수순이 필요한 것은 아니다. 다만 북한의 두 가지 불행한 선 택을 아쉬워하지 않을 수 없다. 첫째, 북한은 중국이나 베트남처럼 공산체제를 유지하면서도 시장경제와 개방정책을 실험하는 선택을 한사코 회피했다. 둘째, 북한은 체제의 안전을 담보하는 가장 효과 적 방법으로 핵무기 개발과 보유를 결정했다. 이러한 북한의 폐쇄성 과 모험성으로 아직도 분단된 한반도는 세계사의 예외지대로 남아 있는 것이다.

지난 몇 주일 영변 원자로 냉각탑의 폭파를 포함해 북한이 택한 일련의 결정은 단순히 6자회담의 재개뿐 아니라 남북 관계의 시곗바늘을 혹시 20년 전으로 되돌릴 수도 있지 않을까 하는 미련未練을 갖게 한다. 지금이라도 북한이 개방과 비핵화를 결심해 남북이 함께 한반도를 세계사의 중심 무대로 끌고 갈 수 있다면 민족의 장래를 위해 여간 다행한 일이 아닐 수 없다. 이른바 북한의 통미봉남 정책이 개방과 완전한 비핵화를 거쳐 북·미 간의 국교 정상화를 이루려 한다면 바로 20년 전 완결됐어야 할 교차승인이 실현되는 것으로 우리는 이를 긍정적으로 수용할 수 있을 것이다. 하지만 우리가 남북 관계에 대한 의연한 자세와 국민적 합의를 견지하려면 지난 20년 동안 대한민국 통일정책 기조는 연속성과 일관성을 꾸준히 지켜 왔다는 사실을 인지할 필요가 있다.

이미 지적한 대로 〈민족공동체 통일방안〉은 광범위한 국민적 합의에 기초한 것이며 이를 바탕으로 한 〈기본합의서〉와 〈비핵화 공동선언〉은 민족에 대한 엄숙한 약속이었다. 국민의정부에서 추진한 햇볕정책도 북한 측이 긴장을 풀고 유연성을 발휘하도록 유도하려는 방법론이고, 이를 통해 실현하려는 목표는 어디까지나 국민이 합의한 민족공동체 건설을 통한 7천만 동포의 기본권과 복지의 확보며, 통일의 달성이라 볼 수 있다. 역대 정권이 북측과 합의한 구체적 사안에 대하여는 논란의 여지가 많았지만 북한의 개방과 비핵화를 통한 상호협력 체제를 만들어 가겠다는 목표나 방법에는 국민적 분열보다 합의가 우세했다. 분열로 보이는 사안이나 경우가 있었다면 그것은 정치적 이념이나 이해관계가 통일 논의나 정책을 오염시킨 결과로서, 좌우의 양 극단을 제외한다면 국민 대부분은 통일정책과 방향에 대한 폭넓은 합의를 지켜 온 셈이다. 우리에겐 동포가 처한 극심한 어려움에 즉각적인 이웃돕기로 공동체의 의무를 이행하는 무언의 합의가 이루어져 왔다.

새 정부라고 꼭 새 통일정책을 입안해야 할 필요는 없다. 오히려 민족공동체 건설을 위한 햇볕정책, 〈남북 기본합의서〉와 〈비핵화 공동선언〉을 뒤늦게나마 이행하는 실천 전략을 조용히 가다듬는 데 주력하기 바란다.

2008년 7월 7일

통일의 그날이 오면

8월이 오면 해방과 광복의 그날을 다시 생각하게 된다. 세상이 어수선하여 말할 수 없이 힘들고 답답했던 7월이었지만 암울했던 식민지 시대의 족쇄로부터 풀려났던 1945년의 8월을 어찌 잊을 수 있단 말인가. 그날을 위하여 우리의 선현들이 감내하였던 수모와 박해는 얼마나 엄청났으며 그와 같은 희생으로 이루어진 해방의 감격은 또 얼마나 가슴 벅찬 것이었나.

해방과 독립을 기다리던 우리 민족의 간절한 소망은 심훈의 시, 〈그날이 오면〉에서 읽을 수 있다.

> 그날이 오면 그날이 오면은/ 삼각산이 일어나 더덩실 춤이라도 추고/ 한강물이 뒤집혀 용솟음칠 그날이/ 이 목숨이 끊어지기 전에 와주기만 하량이면/ 기뻐서 죽사오며 오히려 무슨 한이 남으오리까……

그토록 기다렸던 해방은 독립을 가져왔지만 분단이란 혹독한 대가代價가 뒤따랐다. 일제에 나라를 강점당하였던 식민지 시기는 35년이었으나 해방의 대가로 치른 남북 분단은 64년째로 접어들고 있다. 해방의 그날을 기다렸던 민족 염원에 견주면 오늘날 통일을 향한 국민적 열망은 차츰 식어 가고 있지는 않은지 되돌아보게 된다. '우리의 소원은 통일'의 노랫소리를 자주 듣기 어려워진 현실을 어떻게 이해할 것인가.

바쁜 일상의 압력과 널리 확산된 실용의 윤리가 통일이란 목표로부터 모든 긴박성을 앗아갔을 수도 있다. 그러나 이처럼 통일, 즉 분단 극복에 대한 국민적 열의가 식어 가고 있는 이유는 무엇보다도 국민이 갖고 있는 북한에 대한 두려움이다.

첫째로, 반세기 이상 계속되어 온 남북 대결구도 속에서 북한으로부터 끊임없이 밀려오는 군사적 위협을 실감하고 있는 국민들에게 설득력 없이 외치는 통일 주장은 즉각적인 공감을 얻기 어려울 수밖에 없다. 더구나 근래에 급속히 가중되고 있는 북한의 압력, 즉 핵실험, 미사일 발사, 난폭한 용어를 동원한 선전 공세 등이 또 한 번의 전쟁 가능성을 높이고 있다는 심각한 우려는 국민들에게 불안감을 안기고 있다. 이렇듯 대결의 심화 속에서는 평화통일을 논하는 것 자체가 공허한 담론으로 들릴 수밖에 없을 것이다.

둘째로, 오늘의 한반도에선 분단 60년으로 말미암은 남북 간의 이질화가 심각한 수위에서 고착되고 있다. 냉전의 막이 내리고 동서화해가 진행된 지난 20년 동안 한반도에선 오히려 남북대결과 이질화가 가중되는 현상이 벌어졌다. 남쪽은 산업화에 더하여 민주화를 성취함으로써 세계화의 물결에 적극 합류한 것과 달리, 북쪽은 전 국토와 국민의 고립화, 요새화를 강력히 고집함으로써 세계적인 예외체제가 되고 말았다. 그러는 동안 오늘의 한국인에게는 북한의 체제와 주민이 러시아·중국·베트남보다도 더 이해하기 힘든 이방인이 되어 버린 것이다. 가장 가까워야 할 동포들임에도 가장 멀어지는 기현상과 이질감으로 북한에 대한, 그리고 통일 자체에 대한 두려움이 우리 국민의 마음속에 자리 잡게 된 것이다. 이런 두려움이 결국 통일에 대한 무관심으로 이어지고 있다.

셋째로, 남북 관계가 대화보다는 대결로, 긴장 완화보다는 고조로 치달으며 북한의 고립 또한 날로 심화되는 상황이다 보니 통일을 위하여 어떠한 희생과 대가를 치를 것인가에 대한 국민적 각오와 합의를 모으기 어려운 분위기가 자리 잡아 가고 있다. 20년 전 베를린 장벽이 무너질 때에 독일 국민이 공유하였던 정서와는 상당한 거리가 있음을 자인하지 않을 수 없다. 그러나 우리는 무작정 어려움은 피하고 싶어 하는 인간적 본능에 나라의 운명을 맡길 만큼 우매한 민족은 아니다. 우리 스스로가 통일에 필요한 희생과 각오 없이 어떻게 주변국들에 한반도 통일이 가져올 불확실성과 경비를 감내하도록 설득하고 부탁할 수 있을 것인가.

통일의 그날은 우리에게 다가오고 있다. 역사의 흐름에는 영원한 예외가 없다. 60년이 넘게 역사의 예외지대로 추락했던 한반도가 분단이란 수렁에서 벗어나는 일은 민족의 정체성과 국민 각자의 자존심이 걸린 역사적 과제다. 통일의 그날이 오기를 기다리는 자성의 시간이 되는 8월이 되었으면 한다.

2009년 8월 3일

미국을 바로 알지 못하는 북한

클린턴 전 대통령의 전격적인 평양 방문, 김정일 위원장과의 만찬 회담 뒤 이미 12년 형을 선고받았던 두 여기자를 동반하고 미국으로 귀환하는 한 편의 드라마는 미국 대통령의 위치와 성격에 대한 우리의 인식을 새롭게 하는 기회가 되었다. 또한 한반도 문제 해결에 미국 대통령의 영향력이 얼마나 큰 것인가를 남북한이 각기 재인식해야 하는 계기도 되었다.

그러나 클린턴의 방북으로 북한 문제 해결에 대한 실마리가 풀릴 수 있을지 여부는 신중히 지켜보아야 할 것이다. 미·북 관계가 순조롭게 진전되고 문제 해결의 전망이 밝아지기 위해서는 양자兩者 사이에 상대방의 입지와 입장에 대한 정확한 이해가 우선되어야 하는데 과연 그것이 가능할지는 누구도 자신할 수 없다. 미국의 북한에 대한 이해에도 문제점이 없는 것은 아니지만 북한의 미국에 대한, 특히 미국 대통령에 대한 이해는 단순한 오해 이상의 심각한 한계를 보이고 있기 때문이다.

오바마 대통령의 취임 직후부터 핵 실험과 미사일 발사 등 북한이 시도한 일련의 강수强手는 치밀하게 계획된 성공적인 외교공세이기 보다는 오바마 대통령의 성격이나 입장을 제대로 이해하지 못한 데서 비롯된 실책이란 것이 대다수 미국 전문가의 판단이다. 유엔 안보리의 대북제재 결의 등 북한을 압박하는 국제사회의 반응, 특히 미국의 일관성 있는 대응은 북한의 공격적 도발전략에 대한 부정적 평가를 뒷받침하고 있다. 그렇다면 북한이 대미전략 전개 과정에서 보여 준 미국에 대한 이해 부족을 어떻게 설명할 것인가.

　오바마 대통령과 부시 전 대통령의 성장배경, 성격, 정치철학 등 두 사람의 대조적인 차이점은 그동안 자주 강조되어 왔다. 무엇보다도 부시는 미국 유수의 명문가에서 태어나 상원의원인 할아버지와 대통령인 아버지 밑에서 성장한 이른바 특권층의 후예인데 견주어 오바마는 아프리카 케냐의 유학생과 백인 어머니 사이에서 태어나 소년 시절을 인도네시아의 양부養父 밑에서, 고교시절은 하와이의 조부모 밑에서 자란 변두리 계층의 출신이란 차이가 극적인 대조를 이루었다. 물론 부시의 극단적 보수성과 오바마의 전투적 진보성도 쉽게 대치시켜 부각되었다. 그러나 두 사람이 미국인이라는 절대적 공통점을 공유하고 있다는 지극히 단순한 사실을 북한은 간과하고 있는 것 같다.

　두 대통령은 객관적인 차이점을 넘어 그들이 미국인으로서 지닌 원초적인 공통점, 즉 미국식 도덕주의의 가치관과 위기에 쉽게 물러서지 않는 개척자다운 근성을 가지고 있음을 알아야 한다.

　미국 사회나 문화에 대해 흔히 물질 만능적인 가치관에 바탕을 둔 것으로 성격 짓는 경우가 많다. 그것은 미국의 경제발전을 가능케 한 실용주의적 측면만을 강조한 편견에서 온 생각이다. 미국인은 본인들의 가치관, 특히 무엇이 정의이며 공정fair한가에 대한 기준에 지나칠 정도로 강한 믿음을 가지고 있다. 기독교 원리주의자인 부시는 비교적 단순한 가치관에 입각하여 선善과 악惡을 구별하는 데 주저하지 않은 지도자라 하겠다. 이란·이라크·북한을 '악의 축'으로 규정한 그의 판단이 이를 반영하고 있다.

한편, 진보적 가치관을 지닌 오바마가 도덕적 판단의 기준이나 중요성을 상대적으로 가볍게 여긴다고 추측한다면 그것은 진정 미국인을 제대로 알지 못한 데서 오는 실수이며 오해다. 오바마가 인종 간의, 그리고 빈부 간의 차별과 불평등 극복에 전력투구하려는 것은 바로 그것이 미국적 가치와 도덕성을 실현하는 길이라 믿기 때문이다.

이번에 북한이 범죄자로 선고한 두 미국 여기자를 클린턴에게 넘겨준 것은 다행스러운 일이지만, 그러한 북한의 결정이 지도자의 아량이나 대미관계 개선을 바라는 호의로 받아들여지기보다는 인질을 협상용으로 악용하는 부도덕한 체제임을 오바마와 미국인들에게 각인시키는 계기가 되었을지도 모른다.

취임 초부터 오바마 대통령의 의지를 시험하려는 듯 핵 실험을 비롯한 도발을 택한 북한의 전략도 미국인이 지닌 개척자 정신과 오기에 대해 충분히 이해하지 못한 결과가 아닐까 싶다. 범법자의 총 앞에서 벼랑 끝에 몰린 보안관이 끝까지 자세를 흐트러뜨리지 않는 서부 개척자의 정신은 아직도 미국의 지도층에 살아 숨쉬고 있다. 취임 후 첫걸음을 내디딘 오바마 대통령이 북한의 위협과 압박에 쉽게 물러서는 정치적 자살행위를 저지르리라고 생각했다면 그것은 큰 착각임에 틀림없다. 지난 몇 달의 외교 전초전을 거치며 북한이 미국에 대한 잘못된 인식을 교정할 수 있는 계기가 되었으면 한다.

2009년 8월 24일

민족공동체 통일로 향한 '기회의 창'

핵 실험과 미사일 발사로 시작된 북한의 '협박 외교' 공세가 연일 그 강도를 높여 가며 한반도 문제를 국제정치의 우선 과제로 부상시켰다. 이처럼 강수彊手를 연발하는 북한의 속사정은 알 수 없으나 지구촌의 평화와 안전을 위협하는 화약고로 불리고 있는 한반도 문제의 당사자인 우리로서는 마냥 소극적인 자세로 좌시할 수만은 없는 일이다. '북한 핵 문제'로만 인식되기 쉬운 한반도 문제는 분단과 대결의 당사자인 남북한과 이를 둘러싼 강대국 사이의 역학관계가 뒤얽힌 역사적 과제로 우리 민족의 운명이 좌우되는 것인데, 어찌 우리가 이의 해결 과정을 방청객으로 뒷자리에 앉아 수수방관할 수 있을까.

9월 11일은 〈민족공동체 통일방안〉이 대한민국의 통일방안으로 확정된 지 20주년이 되는 날이었다. 20년 전 그날을 회고할 때 냉전 종식과 민주화의 흥분과 열기는 대단했으며 그 가운데에서 여야는 물론 국민의 합의 도출을 위한 계속된 토론과 협의를 거쳐 통일방안이 만들어졌다. 우리의 정치력이 매우 자랑스러웠던 시기였다. 그러나 지난 20년에 걸친 우리의 통일 노력을 회고할 때 남북 관계는 우여곡절과 급변하는 한반도 정세 속에서 눈에 보이는 성과가 없었음을 자인할 수밖에 없는 것이 씁쓸한 오늘의 현실이다. 더욱이 아무 예고 없이 일어난 이번 임진강 참사는 실망을 넘어 분노와 좌절마저 느끼게 한다. 하지만 이토록 답답한 오늘의 한반도 상황이 어쩌면 20년 전과 비슷한 국제정치의 전환기에 따르는 문제 해결의 '기회의 창'을 품고 있는지도 모른다. 바로 그 '기회의 창'을 적극 활용하는 의지와 지혜가 오늘의 우리에게 부과된 시대적 사명이라 하겠다.

20년 전, 베를린 장벽의 붕괴가 상징한 동서냉전의 종말이란 대전환기를 오늘의 국제정세와 비교하는 것은 무리일 수도 있다. 그러나 오바마 대통령의 당선, 전 세계를 휩쓴 국제금융위기 등의 여파는 미국의 유일 초강대국 시대가 막을 내리고 새로운 다극 체제가 태동하고 있음을 보여 주고 있다. 그와 같은 변화 속에서 미·중·러 3국은 핵무기 보유국 대열에 한사코 참여하려는 북한을 용인할 수 없다는 데에 완전히 합의하고, 더불어 이란의 핵 프로그램을 억제하기 위하여 미국·중국·러시아·독일·프랑스·영국 6개국이 공동으로 제재의 수위를 높여 가고 있는 점도 주목할 필요가 있다. 한반도의 비핵화는 절대로 유지돼야 한다는 원칙은 최근 미·중 전략적 대화에서도 재확인된 바 있다. 이러한 국제적 힘의 흐름에 정면으로 역행할 만큼 북한은 무모하지 않으리라 믿는다.

그렇다면 어떻게 북한을 핵 폐기의 길로 이끌 것인가. 무작정 국제사회의 대북 압력에만 의존할 수는 없다. 북한의 핵 보유국 지위를 용납할 수 없다고 미국을 비롯한 관계국들이 강력한 입장을 취하고는 있지만 북한의 의지를 꺾을 만큼 단호한 행동으로 진입하는 데는 신중을 견지하며 설득과 대화에 길을 남겨놓고 있다. 한편, 신뢰와 불신이 함께 작동하는 국제관계에서는 전략적 동반자들 사이에서도 빈틈이 보일 수 있으며 북한은 이를 활용하여 핵 보유와 관계개선, 즉 양손의 떡을 동시에 얻으려 노력할 것이다. 그러기에 지금의 상황에서는 한국의 적극적이며 창조적인 정책 발상과 외교 동력이 필요한 것이다.

한편으론 국민적 합의를 이룩하고 다른 한편으로는 미국 등 관계국들과의 확고한 공동보조를 굳혀 가며 북한을 문제 해결로 유도하기 위해서는 〈민족공동체 통일방안〉이 명시한 기본원칙, 즉 하나의 민족공동체 건설을 위해 두 정치체제의 공존을 서로 수용하고 교류 협력한다는 원칙에 새로운 활력을 불어넣어야 한다. 이 원칙의 구현을 위해서는 북한이 한국에서 미군 철수를 겨냥하고 세웠던 그간의 통일전략을 과감히 포기하는 결단이 선행돼야 하며, 그것은 곧 북한 체제의 안전으로 이어질 수 있음을 6자회담 당사국 모두에게 두루 이해시켜야 한다.

통일로 향한 남북 관계 개선을 위한 정책 및 전략 개발과 집행은 두 개의 궤도로 나누어 진행될 수 있다. 남북한이 20년 전 가동시켰던 '기본합의서 체제'를 새로이 발전시키는 궤도와, 북한의 급변사태 또는 뜻밖에 찾아올 수 있는 통일의 기회에 대한 대응책을 철저히 준비하는 궤도로 분리해 추진하는 것이다. 전자는 공개적인 토론과 실험을 거쳐, 후자는 조용히 그리고 차근히 진전시켜 나가는 것이 효율적이라 하겠다. 다만 어느 쪽으로 가든지 우리 국민이 부담해야 하는 공동체 건설과 통일의 대가나 희생이 얼마나 될 것인지,

그리고 이에 대한 우리 국민의 각오가 되어 있는지는 〈민족공동체
통일방안〉 20주년을 맞는 지금부터라도 더 진지하게 생각해 보아야
하겠다.

2009년 9월 14일

고향길에 불러보는 우리의 소원

"그곳이 차마 꿈엔들 잊힐리야"라고 정지용이 그리던 옛 고향의 모습은 찾아보기 어렵게 변한 지 이미 오래다. 그러나 설이나 추석명절이 오면 국민 대다수는 부모나 가족을 찾아 고향길에 오르기 마련이다. 돌아갈 고향이 없는 사람들에게도 명절은 막연한 향수를 느끼게 해 준다. 향수란 내가 자라고 살았던 공간적 고향과 내가 살아오고 경험했던 시간적 고향에 대한 본능에 가까운 그리움이기 때문이다. 아무튼 옛날 내가 살던 곳을 향한 귀경길이든 마음의 고향으로 향한 회상이든 새로운 시작인 설은 우리 삶에서 정말 소중하게 아끼는 가치가 무엇인지를 새롭게 짚어 보는 귀중한 시간임에 틀림없다.

참으로 바쁜 세상이 되었다. 국내에서든 세계시장에서든 경쟁을 피할 수 없는 세상이 되었기에 우리는 지난 몇십 년 빠른 속도로 뛰어왔고 지금도 계속 뛰어가고 있다. 많은 것을 성취하였지만 더 큰 성공을 위해선 쉬지 않고 뛰어갈 수밖에 없는 세상인 것이다. 그런데 과연 우리는 어디로 가고 있으며, 왜 그곳으로 가고 있는지를 분명히 알고 뛰는 것일까. 만약에 지금 우리가 뛰고 있는 방향이 조금이라도 어긋난다면 결국 목적지의 방향은 크게 틀어질 것이며 그로 말미암아 큰 손해나 재앙에 직면하지 않는다고 누가 장담할 수 있단 말인가. 이제라도 잠시 질주의 속도를 조절하고 숨을 고르며 우리가 진정 아끼는 것은 무엇이며 가고자 하는 방향은 어느 쪽인가를 다시 생각해 볼 여유를 가질 필요가 있다. 사실 그러한 여유는 개인이건 국가이건 건강한 생존을 위한 필수요건인지도 모른다.

어디로 갈 것인가를 생각하려면 어디로부터 뛰어왔는지를 되짚어 보며 시작할 수밖에 없다. 올해는 4·19 50주년, 5·18 30주년, 6·25 60주년, 경술국치 100주년 등 지난 한 세기에 걸친 우리 민족의 집단적 경험을 되돌아 볼 계기가 한꺼번에 몰려 있는 해다. 워낙 거센 역사의 파도와 우여곡절을 겪었기에 지난 1백 년 걸어온 길을 돌이켜 보는 것이 반드시 우리에게 좋은 기억만은 아닐 것이다. 다행히 오늘의 우리 형편이 과거 어느 때보다도 여유를 가질 수 있게 되었기에 설날 고향길에 오른, 또는 지난날에 대한 그리움에 잠긴 우리들은 지금보다 더 밝은 내일이 올 것을 기대하며 명절 분위기에 젖어들 수 있는 것이다. 이 작은 명절의 여유 속에서라도 우리의 민족 공동체가 함께 추구하는 가치가 무엇인가를 생각해 보는 것은 밝은 미래를 열어 가는 국민적 힘의 밑거름이 될 수 있을 것이다.

지난 1백 년 격동하는 역사의 고비마다 우리는 무엇을 잃었으며 무엇을 찾았는가를 되짚어 보면 비교적 간명한 결론에 이르게 된다. 일본 제국주의의 침략에 속수무책으로 우리가 잃어 버린 것은 나라의 주권과 국민의 자유였다. 그러기에 우리의 독립운동은 이 나라가 독립국이며 이 민족이 자주민임을 되찾는 고난의 길이었다. 1945년

62

광복 이후 우리는 눈부신 성취의 역사를 일궈 냈으나 분단과 전쟁을 겪어 낸 반쪽의 성공이었음을 인정하지 않을 수 없다. 결국 우리 민족은 지난 1백 년 동안 한 번도 통일된 독립국가에서 살아 보지 못한 유일한 비극의 주인공이었다. 바로 그러한 비극적 운명에 굴하지 않고 오늘의 대한민국을 이룩하였기에 우리는 자부심을 갖고 내일을 바라보며 이번 설날에도 고향길을 재촉해 달리고 있는 것이다.

대한민국이 걸어온 역정은 자유를 지키며 키우는 데 온 국민의 노력이 결집되었던 위대한 성공의 역사였다. 빈곤으로부터 자유, 무지 無知로부터 자유, 폭력으로부터 자유, 비굴로부터 자유롭고자 얼마나 많은 희생과 대가를 치렀는가. 그러나 우리의 자유가 진실로 충만하기 위해선 앞으로 나아갈 길이 아직 멀다는 것도 국민들은 잘 알고 있다. 그럼에도 지금 우리가 느끼는 마음의 여유는 국민의 집결된 힘으로 모범적 선진사회를 만들어 갈 수 있다는 자신감 때문이다.

다만 해결의 실마리가 보이지 않는 고착된 남북 분단 상황은 올해도 숙제로 남아 있다. 광복과 6·25를 겪으며 북한을 떠나 남쪽으로 내려온 5백만 실향민, 이제는 4대째 남쪽에서 살아가는 그들의 애절한 향수는 곧 우리 모두의 아픔이며 아쉬움이 아닐 수 없다. 이에 더해 북한의 2천3백만 동포들의 운명은 어찌할 것인가. 인간의 자유를 강조하면 할수록 답답함이 더해 가는 대목이다. 그러기에 7천만 동포가 다 함께 잘살 수 있는 통일된 조국을 꿈꾸며 민족공동체 건설의 기회를 놓치지 않도록 우리 모두 응분의 희생도 받아들이겠다고 다짐하는, 정말 가슴이 따뜻해지는 고향길이 되길 바란다.

2010년 2월 13일

1장 통일 한국의 미래 63

국민의 희생을 요구하는 정치

올해로 미수米壽를 맞은 키신저 박사가 여유 있는 모습으로 서울을 다녀갔다. 국제정세에 대한 강연, 젊은 학생들과의 토론, 대통령과의 대화 등 바쁜 일정을 즐겁게 소화했다. 그는 미수의 나이임에도 설득력 넘치는 정세 분석과 탁월한 정책 진단으로 외교의 거목임을 보여 주었다.

이번 방문에는 국가의 운명에 대한 깊은 생각의 일단을 들려주어더욱 인상적이었다. '미래에 대한 비전이 없는 나라에서는 진정한 발전을 기대할 수 없다' '오늘날 유럽을 포함한 선진국 대부분에서 국민에게 희생을 요구하는 지도자가 나올 수 없게 된 것은 곧 이 시대의 근원적 위기를 반영하는 것이다'라는 키신저의 지적은 어찌 보면당연한 결론으로 치부할 수 있다. 그러나 19세기 제국주의 시대로부터 20세기 핵무기 시대까지를 관통하는 '역동적 세력균형론'을 펼친석학이며, 1970년대 초 저우언라이周恩來와의 대화로 일거에 미·중 관계를 바꾸어 냉전의 판도를 뒤집은 큰 외교가인 그가 이제 현인賢人

의 경지에 이르러 내린 결론인 듯싶어 경청하지 않을 수 없었다.

우리의 형편을 생각해 보자. 자존심과 자신감은 비전을 갖게 하는 필요조건이긴 하지만 그 자체가 미래에 대한 확고한 비전일 수는 없다. 밴쿠버 동계올림픽의 승전보와 휘날리는 태극기가 온 국민에게 큰 기쁨과 자신감을 선물한 것은 사실이다. 1백 년이 넘도록 우리 민족을 짓눌러 온 두려움, 패배의식, 피해의식을 떨쳐 버린 젊은 세대가 드디어 그들의 창의력과 경쟁력을 마음껏 세계의 중심무대에서 떨쳐 보임으로써 이 나라가 차지한 오늘의 역사적 위치를 스스로 확인하는 계기를 마련해 준 것이다. 그러나 이처럼 황홀했던 국민적 축제 분위기 속에서도 우리 앞을 가로막고 있는 거대한 민족의 과제를 결코 외면할 수 없는 것이 우리의 운명이다.

올해는 1910년, 일제에 강제합병되며 국권을 상실했던 경술국치로부터 1백 년이 되는 해다. 우리는 일제 35년, 그리고 남북 분단 65년, 결과적으로 지난 1백 년 동안을 통일된 독립국가에서 살아 보지 못했다. 국민적 축제의 분위기 이면에는 이렇듯 냉혹한 역사의 현실이 있음을 잊어서는 안 된다. 우리에겐 민족통일, 국가통일, 국토통일이란 엄청난 역사적 과제가 기다리고 있기 때문이다.

우리 민족에게 가장 큰 숙제인 통일 문제, 하지만 미래의 비전을 추구할 여유보다는 당장의 실리를 챙기기에 바쁜 지금의 풍조에 휩쓸려 국민적 관심의 뒷전으로 밀려나는 분위기다. 특히나 정치권의 제일 큰 이슈로 등장하고 있는 세종시를 둘러싼 논란에서조차 통일에 대한 배려는 어디에서도 찾을 수 없다. 원안이든 개정안이든 세종시 문제가 앞으로 통일과 어떻게 연계될 수 있는지 전혀 언급되고 있지 않다. 여야를 막론하고 우리의 중대 사안인 통일에 대해 어떤 전망이나 대책도 들을 수 없는 것이 현실이다. 더욱이 그동안 통일 주체 세력을 자처하며 앞장서던 인물이나 단체들마저 이에 대한 의견 표명이 전혀 없다는 것도 의아한 일이 아닐 수 없다.

이처럼 민족의 자존과 운명이 걸려 있는 통일 문제가 우리의 일상생활에서, 공론의 장場에서, 그리고 정치무대로부터 점차 그 비중을 잃어가고 있는 것은 통일 추진이 수반하는 대가代價와 희생의 문제를 정면으로 제기할 국민적 용기와 리더십의 부재에서 그 원인을 찾아보게 된다.

한민족과 한반도의 통일 문제는 세계의 중심무대로 진입한 대한민국 국민의 굳은 결의와 어떠한 대가라도 치를 각오가 확고할 때만이 해결 가능한 것이다. 통일비용이 얼마나 막대할지는 정확히 예측하기조차 어려운 일이다. 그러나 그것이 우리가 그동안 치러 온, 아니 지금도 치르고 있는, 그리고 앞으로도 무한정 치를 수밖에 없는 분단비용에 견주면 결코 감당할 수 없는 것이 아니라는 것을 국민들은 함께 생각해 보아야 한다. 그러기에 국민들에게 통일을 위한 희생을 각오하도록 촉구하는 리더십의 출현을 역사는 기다리고 있다.

국민에게 희생을 촉구하는 리더십을 민주정치에서 기대하기는 결코 쉽지 않다. 더구나 민주화 이후 혼미를 거듭하고 있는 한국의 정치 과정에서 이를 기대한다는 것은 무리일지도 모른다. 다만 평상시가 아닌 비상시를 만났다는 국민적 인식이 높아질 때는 정치와 리더십의 패러다임이 바뀌는 것을 우리는 역사에서 간간이 보아 왔다. 세계사의 흐름으로 볼 때 바로 지금이 우리 민족의 장래를 좌우할 선택의 시점이 아닐까. 우리 국민의 깊은 성찰이 필요한 시기다.

2010년 3월 29일

2장

세계적 불안의 시대

한·미 관계는 살아 숨쉰다

1902년 12월 22일, 엄동설한에 102명의 한국 이민단을 싣고 제물포를 떠난 미국 증기선 갤릭 호는 태평양을 횡단하여 목적지인 하와이를 향하며 새해를 맞이하였다. 성인남자 56명, 여자 21명, 미성년자 25명으로 구성된 이민단은 지금으로부터 꼭 1백 년 전인 1903년 1월 13일 호놀룰루에 도착하여 이민의 나라 미국에서 한인 동포사회의 첫 걸음을 내딛게 된 것이다. 그 뒤 우리의 외교권을 상실하게 된 1905년 〈을사늑약〉이 있기까지 겨우 2년 동안에 7천 명이 넘는 한국인이 하와이로 이민하였다.

일제 아래서 중단되었던 미국 이민은 한국전쟁 뒤에 재개되어 해를 거듭할수록 그 수는 급증하였고, 드디어 2000년 말 주미 공관이 추산한 재미동포 사회의 규모는 대략 212만 명에 이르고 있다. IMF 위기에 따른 정부 구조조정의 일환으로 마이애미 앵커리지의 총영사관을 폐지한 뒤에도 현재 미국 내 10개 도시에 한국 총영사관이 설치되어 있다. 뉴욕과 LA 총영사관의 관할지역에는 각각 50만 명 이상의 한국 동포가 거주하고 있다.

이러한 일련의 숫자를 제시하는 것은 한국인에게 미국은 단순히 하나의 외국이 아니라 전 세계로 뻗어나간 민족공동체의 중요한 생활 터전이란 사실을 되새겨 보려는 것이다. 그동안 한·미 유대관계는 정치, 경제, 사회, 문화 등 여러 면에서 계속 발전해 왔지만, 2백만이 넘는 우리의 재미 동포들이야말로 살아 숨쉬는 동맹관계를 가장 극명하게 상징하고 있는 것이다.

올해 2003년은 미국 이민 100주년인 동시에 〈한·미 상호방위조약〉 체결 50주년이 되는 해다. 1953년 그토록 많은 희생자와 한반도의 초토화를 가져온 전쟁이 분명한 결말 없이 휴전협정으로 이어진 직후 맺은 〈한·미 상호방위조약〉이 우리의 산업화와 민주화를 가능케 한 안보와 안정에 기틀이 된 것을 부인할 사람은 없다. 그로부터 50년이 지난 오늘, 민주정치와 시장경제를 제도화하는 데 성공한 우리가 우리의 긍지와 꿈에 걸맞은 국제적 위상을 추구하는 것은 당연하다. 그러한 노력의 일환으로 〈한·미 상호방위조약〉 50주년을 한·미 관계의 오늘과 내일에 대한 새로운 비전을 모색하는 계기로 삼아야 할 것이다.

이민 100주년, 〈방위조약〉 50주년인 올해는 북핵 문제, 〈한·미 주둔군 지위협정SOFA〉 문제 등 긴박한 현안이 겹쳐 한·미 관계에 대한 심각한 재조명이 요구되고 있다. 하지만 우리는 우리 안의 논의는 물론 한·미 간의 대화에서도 한·미 관계의 특수성, 즉 우리는 가장 가까운 우방이라는 사실을 늘 염두에 두어야 한다. 한·미 두 나라는 아무리 어렵고 엇갈리는 대화나 협상에 임하더라도 우리는 친구라는 믿음을 잃지 않고 서로를 이해하려는 지혜에 의존한다면 반드시 좋은 결과를 함께 이끌어 낼 수 있을 것이다.

미국은 한국이 처한 특수한 사정, 즉 한반도는 예외지대라는 사실을 이해하려는 노력을 배가해야 한다. 세계는 탈냉전 시대로 접어든 지 이미 10년이 지났지만 한반도에서만은 아직도 냉전 시대의 분단과 대결이 지속되고 있다. 한국인은 그들의 민주정치와 시장경제를 선택한 자유를 반드시 지키겠다고 다짐하지만 그와 동시에 평화적 민족통일에 대한 꿈도 결코 버리지 못한다는 것을 미국은 이해해야 된다.

한편, 한국은 오늘의 미국이 지닌 특수한 국가적 성격을 이해하는 데 배전의 노력을 기울여야 한다. 미국은 세계사에서 처음으로 나타난 유일 초강대국임에 틀림없다. 그러나 그 미국도 외부공격으로부터 절대 안전지대가 아니라는 것이 9·11테러 공격으로 증명되었다. 그 뒤 미국은 초강대국이란 자신감과 여유보다는 언제든지 테러의 대상이 될 수 있다는 위기감과 불안에 휩쓸리고 있다. 그러기에 북핵 문제에 따르는 일차적 위협이나 위험은 한반도에서 살고 있는 우리에게만 당면한 것이며, 미국에게는 '강 건너 불'과 같은 이차적 중요성밖에 없다는 상황 인식은 적절치 않다 하겠다. 미국으로서는 북학이나 이란의 핵무기 확산과 테러집단의 연계 가능성은 미국의 안전에 대한 분명하고 직접적인 위협이란 인식이 자리 잡고 있기 때문이다.

한국과 미국은 그 어느 때보다도 서로의 처지를 이해하고 그에 따른 협력관계를 조정해야 할 중대한 고비에 서 있는 것이다.

2003년 1월 6일

세계적 불안의 시대

　우리는 불안의 시대에 살고 있다. 어느 사회도, 어느 누구도 불안으로부터 자유롭지 못한 시대에 살고 있다. 그런 불안의 원인이 어디에 있는가를 진단하기는 쉽지 않다. 개인이든 국가든 간에 불안은 스스로에 대한 자신감의 상실과 같은 내부적 요인에서 비롯될 수 있다. 또한 감당하기 어려운 외부의 압력에 부딪칠 때 불안은 급속도로 커질 수밖에 없다. 일단 점화된 불안감은 빠른 속도로 전염되며 기하급수적으로 그 도를 높여 가는 경향이 있다. 오늘날 이라크 전쟁과 북한 핵 문제 등으로 급속히 확산되고 있는 세계적 불안도 결국 국가의 운명과 위상에 대한 각자의 불안감과 직결된 것이다.

　냉전을 승리로 끝내고 국제질서의 중심이 된 미국이 9·11사태로 극도의 불안에 휩싸인 것이 세계적 불안의 최대 원인이 됐다. 역사상 가장 강력한 유일 초강대국이면서도 전혀 예상하지 못한 테러 공격을 속수무책으로 당한 미국은 심한 충격에 휩싸일 수밖에 없었다. 압도적 군사력을 갖고도 국가안보를 보장하기 어려운 새로운 현실이 미국을 불안하고 당황하게 만든 것이 사실이다. 그러나 미국이 직면한 이러한 위협과 그에 따른 위기감을 세계가 함께 느끼기보다 혼자서 외로이 경험하고 있다는 고립감이 미국의 불안과 일방주의적 정책의 원인이 된 셈이다.

프랑스의 외교전문가 도미니크 모이지Dominque Moisi의 지적대로, 9·11 이후 미국은 전쟁상태에 돌입한 데 견주어 유럽을 비롯한 나머지 세계는 평시 상황을 계속 유지해 나가는 가운데 둘 사이에는 인식의 틈이 크게 벌어졌다. 9·11은 미국의 관점에서는 세계를 바꿔 놓은 사건인 것과 달리 나머지 세계의 눈으로 볼 때에는 미국을 바꿔 놓은 사건이었다는 스티븐 피들러Stephen Fidler의 말도 맥을 같이 하는 분석이다. 이러한 미국의 고립감은 지금 진행되고 있는 이라크 전쟁의 와중에 더욱 깊어질 수밖에 없을 것이다.

미국과는 달리, 유럽과 일본의 불안은 세계사의 중심무대로부터 밀려날 듯한, 즉 앞줄을 내주고 뒷줄에 서게 될지도 모른다는 위기감을 떨쳐 버리지 못하는 데서 비롯된다. 정치, 경제, 군사, 특히 기술 면에서 미국과의 차이는 현저하게 벌어지고 있으며 이라크전의 결과는 이를 더욱 심화시킬 수 있다는 불안감이 프랑스와 독일 등 일부 유럽국가 지도자들의 뇌리에서 떠나지 않고 있다. 한편, 일본은 세계 제2의 경제라는 통계상의 지위에 걸맞은 정치적 위상을 확보하려는 꿈의 실현 가능성이 차츰 희박해지고 있는 데 대한 초조감과 불안에 시달린다.

이와 같은 이른바 선진국들의 경우와는 달리, 북한의 불안은 체제의 성격이 자초한 시대적 조류로부터의 고립에서 말미암은 것이다. 냉전의 종결과 정보화 시대의 개막은 시장의 세계화란 물결 속에서 개방과 교류를 국가 생존전략의 핵심으로 보편화시켰다. 그러나 체제 성격상 개방의 길을 쉽게 택할 수 없는 북한으로서는 고립에서 오는 경제적 후퇴와 생존의 기로에 부닥친 불안감에 시달릴 수밖에 없었다. 더욱이 아시아의 세 공산주의 국가 가운데 중국과 베트남이 과감하게 시장경제를 통한 발전의 대열에 참여한 것은 북한의 고립감을 한층 심화시켰을 것이다. 그러한 고립감이나 절망감은 체제 생존 자체에 대한 위기감으로 연결될 수 있는 것이다. 사실 미국과 북한 사이의 날로 고조되는 긴장도 그 밑바닥에는 서로가 지닌 색다른 불안감이 작용하고 있기 때문이다.

한국도 역시 불안의 예외지대는 아니다. 우리의 불안은 원초적으로 지정학적 취약성에서 비롯된 것이지만 과연 우리에게 합의된 국민적 의지가 있느냐에 대한 자신감의 상실이 직접 원인이랄 수 있다. 자유와 통일 가운데 어느 쪽이 우선인가? 자유를 지키기 위한 어떠한 대가도 치를 각오가 있는가? 민주화 이후의 민주주의는 어떻게 제도화할 것인가? 경제협력개발기구OECD 국가로서 실력을 기르고 위상을 굳히는 데 국가발전의 목표를 둘 것인가, 아니면 제3세계의 기수 역할을 자임할 것인가? 이와 같은 일련의 선택에 대한 국민적 합의 없이 오히려 국민적 분열의 증후가 짙어진다면 불안의 시대를 헤쳐 가야 하는 우리의 앞날은 더욱 불안해질 수밖에 없을 것이다.

2003년 3월 31일

국제정치의 흐름을 타라

싸움에선 시작에 못지않게 끝내기가 중요하다. 이라크 전쟁이 마무리에 들어가면서 국제사회에선 저마다 새로이 전개될 전후 상황에 적절히 대처하고자 치열한 적응의 경쟁이 벌어지고 있다. 국제정치의 중요한 전환의 고비마다 그 변화의 성격을 제때 제대로 파악하지 못하면 엄청난 손해를, 때로는 치명적 손해를 본다는 역사의 교훈을 저마다 되새기고 있는 것이다.

지난주 서울에서 개최된 3자위원회에서도 미국, 유럽, 아시아의 지도자들이 이라크 전쟁으로 표출된 국제정치의 원천적 성격 변화를 진단하는 데 논의의 초점을 맞추었다. 우선 베를린 장벽의 붕괴와 뉴욕 무역센터 쌍둥이빌딩의 붕괴가 지닌 역사적 의의를 되새겨야 한다는 지적이 많은 공감을 불러일으켰다.

1989년 베를린 장벽의 붕괴로 상징되는 냉전의 종식은 미국을 유일 초강대국으로 만들었다. 2001년 뉴욕 쌍둥이빌딩이 붕괴되는 바로 그 순간부터 미국은 새로운 전쟁상태로 돌입했다. 역사상 최강의 군사력을 지닌 미국이 새로운 종류의 전쟁상태로 들어갔다는 단순한 사실을 많은 나라가 외면하거나 수긍하지 못한 데서 이라크전을 전후한 혼란이 야기된 것이다. 미국이 말하는 테러와의 전쟁은 단순히 주민의 안전을 보장하려는 노력이 아니라 국가의 존망을 건 총체적 전쟁인 것이다.

그러한 긴박감은 미국만이 홀로 지닌 것이기 때문에 이라크전에 임하는 미국의 입장은 국제여론의 폭넓은 지지를 얻지 못했다. 이라크 전쟁의 막이 내리고 있지만 국제사회의 분위기는 여전히 뒤숭숭하다. 미국과 유럽 사이의 불편한 감정이나 유럽 내부의 불협화음도 사그라지지 않고 있다. 시리아, 이란, 특히 북한 문제를 어떻게 대처할 것인가에 대한 합의점도 발견하지 못하고 있다. 이러한 국제사회의 불안정을 해소하기 위해서는 우선 오늘의 국제정치가 직면한 세 가지 기본과제에 대해 분명한 인식을 가다듬어야 한다.

첫째, 전쟁에서의 승리가 자동으로 평화를 보장하는 것은 아니다. 압도적 군사력으로 적군을 격멸하기는 쉬워도 많은 국가와 주민들의 협조를 얻어 평화를 구축하는 것은 훨씬 어려운 일이다. 국가의 힘은 군사력을 바탕으로 한 강성hard power과 명분 및 정당성에 의거한 연성soft power이란 두 측면을 지니고 있으며 이들이 조화를 이룰 때 비로소 힘의 극대화가 가능한 것이다. 어떻게 군사력과 정통성을 조화시켜 새 국제질서를 만들어 가느냐가 당면 과제다.

둘째, 독립국가의 주권은 절대적으로 존중돼야 한다는 국제법의 기존 원칙과, 반인륜적 폭력행위나 사태는 외부로부터의 개입을 정당화할 수 있다는 새로운 입장 사이의 괴리와 갈등을 어떻게 처리하느냐가 첨예한 문제로 대두되고 있다. 이른바 '인도주의적 개입'을 명분으로 국제사회가 특정 국가에 무력 개입을 단행한 최근의 예는 코소보 사태였다. 그 결과로 밀로셰비치는 국제법정의 심판을 기다리는 죄수의 몸이 됐다.

그러한 '인도주의적 개입'과는 또 다른 차원에서 '테러와의 전쟁'을 선포한 미국은 자국과 국제사회에 대한 명백하고 현존하는 위협에 대처하는 수단으로 '선제공격'을 배제할 수 없다는 입장을 취하고 있다. 과연 이러한 자세가 충분한 힘과 명분으로 뒷받침될 수 있을지, 그러한 경우에 전통적 국가주권 존중의 원칙은 수정이 불가피한 것인지에 대한 해답을 더 이상 늦출 수 없는 시점에 이른 것이다.

셋째, 이러한 국제정치의 원천적 성격 변화는 국가 간 동맹의 의미도 바꿔 놓는 것 같다. 이미 미국은 '동맹국coalition이 작전mission을 결정하는 것이 아니라 작전에 따라 동맹국을 결정한다'는 방침을 밝힌 바 있다. 국제정치에선 영원한 적도 우방도 없다는 오랜 경구警句가 새로운 의미를 얻게 된 것이다. 테러와의 전쟁에 적극적으로 동참하지 않는 동맹국은 있을 수 없다는 것이 미국의 입장이다.

우리가 직면한 북한 핵 문제의 해결이나 민족 통일로에 전진은 국제정치의 흐름과 틀을 벗어날 수는 없다. 그렇다면 국제정치의 급격한 성격 변화를 적절히 이해하고 대처하는 지혜와 능력이 우리의 미래를 좌우할 것이다. 우리는 바로 그러한 역사적 시험을 피할 수 없는 시점에 서 있는 것이다.

2003년 4월 21일

정치학자들 역할을 기대한다

　정치의 파탄에 의해 국민이 고생하는 것은 그 일차적 책임이 정치인에게 있다. 그러나 정치상황을 분석하고 설명하며 국가발전의 길을 처방하고 평가하는 것을 본업으로 삼는 정치학자들도 부차적 책임이 없다고 말할 수는 없다.

　그러기에 지난주 남아프리카공화국 더반에서 열린 세계정치학총회에서는 학자들 사이에 자책과 자성의 분위기가 완연했다. 3년마다 열리는 세계정치학대회를 아프리카에서 개최한 것은 정치학의 세계화라는 차원에서 좋은 기회였지만 날로 그 증세가 심해지는 '병든 아프리카 대륙'의 딱한 실상은 정치학자들의 가슴을 우울하게 만들 수밖에 없었다.

　검은 대륙 아프리카의 열악한 실상을 일일이 열거할 필요는 없다. 절대다수의 아프리카인이 극심한 빈곤의 늪에서 벗어나지 못하고 있으며 날로 확산되는 에이즈 감염율은 대륙 전체를 삼켜 버릴 기세다. 그런 가운데 인종 간, 종족 간, 국가 간, 계층 간의 갈등은 피비린

내 나는 내란과 전쟁으로 폭발하고 있다. 미국을 비롯한 서방 선진국들의 역사적 과오와 현재의 무관심을 저주하고 비판하면서도 그들로부터 지원과 협조를 애원할 수밖에 없는 이른바 '아프리카의 딜레마'가 오늘날 아프리카의 처지를 더욱 서글프게 만들고 있다.

이런 아프리카의 어려움을 날로 악화시키는 제일 큰 원인은 정치의 혼미와 리더십의 빈곤이다. 나라와 국민은 병들어 가는데 권력과 특혜를 유지하는 데 급급한 많은 정치인이 아프리카의 앞날을 계속 어둠 속에 묶어 두고 있는 것이다. 이와 같은 정치의 실패는 아프리카에만 국한된 현상이 아니며, 그러기에 정치학의 한계도 확연히 보여 주고 있다. 지난 반세기에 걸친 정치학자들의 노력이 결코 만족할 만한 정치적 결과로 이어지지 못한 것이다.

1950년대 이후로 정치학의 중심과제는 경제발전과 민주화를 통해 빈곤과 폭력으로부터 자유를 폭넓게 실현하는 것이었다. 그동안 그러한 목표를 향해 상당한 진전이 이뤄졌다고 자부할 여지는 충분히 있다. 경제성장과 민주화의 물결은 수많은 국가의 모습을 바꿔 놓았다.

그러나 더반에 모인 정치학자들이 자축보다 자성의 분위기로 빠져든 것은 자유와 평등 사이에 존재하는 원초적 갈등을 해결하는 데는 여전히 갈 길이 멀다는 현실을 인식하기 때문이었다. 지역 간, 국가 간, 계층 간의 빈부격차는 전체주의 및 권위주의 체제로부터의 해방, 즉 어렵사리 성취한 민주화의 업적을 빠른 속도로 퇴색시키고 있다.

이러한 현상은 특히 아프리카와 라틴아메리카에서 두드러진 것이지만 어느 지역의 국가도 완전한 예외지대는 아니다. 민주화의 후퇴,

권위주의에 대한 향수, 심지어는 독재로의 회귀가 현존하는 위협으로 도처에서 작용하고 있다. 이러한 21세기형 민주주의의 위기는 정치학의 시급한 당면과제를 명백히 제시하고 있다. 그것은 시민사회의 발전과 효율적 국가체제의 강화를 어떻게 균형있게 관리하느냐는 것이다.

만병통치의 묘약으로 믿어졌던 민주화가 가져온 민주화 이후에 산적한 문제, 특히 지속적 경제성장과 빈부격차 해소를 위한 분배의 정의를 동시에 실현시키는 체제 효율성이 시급히 요구된다.

그러나 시민사회의 활성화를 일방적으로 강조하다 보면 국가체제의 약화를 초래하고 이익집단 사이의 갈등만을 조장하는 결과를 낳게 되는 것이 당연하다. 이와 달리 성급하게 국가체제의 강화만을 기도하면 민주주의의 원칙, 특히 시민의 자유와 권리가 움츠러드는 위험을 초래한다. 지금 우리도 겪고 있는 이런 딜레마를 극복하고 민주국가의 효율성을 높이는 묘안은 과연 무엇인가?

모든 국가에 공통으로 적용될 수 있는 정답은 없다. 민주주의의 제도화는 결국 각자가 자기 실정에 맞는 방법과 유능한 지도자를 선택하는 국민적 합의에 의존할 수밖에 없다. 아직도 선진국 진입의 문턱에서 분단의 시련을 극복해야 하는 우리로서는 각별한 지혜와 용기가 요구되는 시점이다. 한국의 정치인은 물론 정치학자들의 분발과 이들을 지켜보는 국민적 관심이 기대된다.

2003년 7월 14일

얄타 시대의 종언

얄타 시대의 종언end to Yalta이란 환호성이 5월의 유럽을 뒤흔들었다. 제2차 세계대전이 막바지에 이르렀던 1945년 2월 초 미국의 루스벨트, 영국의 처칠, 소련의 스탈린 등 세 전승국 지도자들은 흑해 연안의 휴양지 얄타에서 전후戰後 처리방안을 협상 타결했다. 그 얄타협정의 결과로 유럽과 독일은 동서로 분단됐으며, 한국은 북위 38도선을 경계로 남북으로 분단됐다. 그로부터 60주년이 가까워 오는 올해 5월 1일, 한때 소련의 위성국으로 묶여 있던 동구 10개국을 유럽연합EU 새 회원국으로 영입 확장함으로써 동·서 유럽의 재결합이 성취돼 얄타 시대가 막을 내린 것이다.

베를린 장벽이 무너진 지 15년 만에 이뤄진 동·서 유럽의 통합을 가장 열광적으로 환영한 나라는 아마도 폴란드인 것 같다. 그것은 유럽연합에 새로 가입한 10개국 가운데 폴란드가 제일 큰 나라라는 이유보다는 지난 세월 겪어 온 수난의 역사가 유난히 처절했기 때문이다. 폴란드는 코페르니쿠스, 쇼팽, 퀴리부인, 교황 요한 바오로 2세

등 뛰어난 인물을 많이 배출한 나라다. 그러나 폴란드는 강대국 사이에 자리 잡았다는 지정학적 운명 때문에 침략과 수모를 수없이 겪어 온 불행한 역사의 주인공이었다. 18세기 말로부터 제1차 세계대전 말까지 1백 년 넘도록 러시아·독일·오스트리아에 나라가 세 조각으로 나뉘어 통치받은 슬픈 역사의 흔적이 아직도 생생하게 남아 있다. 1918년 어렵사리 성취한 독립도 1939년 〈독·소 불가침 조약〉이 제2차 세계대전으로 이어지면서 또다시 강대국 사이 흥정의 희생물이 되고 말았다. 그렇듯 온갖 풍상을 겪어 온 폴란드가 소련권으로부터 해방에 이어 유럽연합과 북대서양조약기구NATO의 회원국이 됨으로써 정통성과 자존심을 되찾은 기쁨이 얼마나 클 것인가는 쉽게 이해할 수 있다.

이러한 바르샤바의 축제 분위기 속에 열린 북미·유럽·아시아 3자 협력위원회에서 브레진스키 박사의 만찬사는 매우 인상적이었다. 소년 시절 전운이 감도는 폴란드를 떠나 미국으로 이민한 그가 국제정치 학자로서, 그리고 대통령 안보특보로서 보여 준 탁월한 식견은 이미 널리 알려진 바 있다. 그는 1944년 독일 점령군에 대한 바르샤바 시민의 63일에 걸친 영웅적 항쟁을 떠올리면서 유럽의 중심국으로 부상한다는 꿈에 부푼 폴란드 국민에게 과도한 낙관론보다는 역사의 교훈을 되새겨야 한다고 경고했다. 폴란드의 유럽연합 가입은 영구한 평화를 보장하는 역사의 종언이 아니라 무수한 불안요인을 내포한 역사의 재출발을 뜻한다는 것이다. 무엇보다 국경을 맞닿은 강국 러시아에 여전히 권위주의와 제국주의의 전통이 깊게 뿌리내리고 있음을 잊지 말아야 한다고 당부했다. 한편 세계화 시대의 국가안보는 주변 강국과의 관계뿐 아니라 세계적 차원의 위험요소에 적절히 대응할 때만 보장될 수 있음을 강조했다.

브레진스키가 열거한 세계적 안보의 위험요소 가운데 특별한 관심을 끄는 것으로는, 첫째 앞으로 국제정치의 가장 위험한 화약고는 수에즈로부터 신장from Suez to Xinjiang에 이르는 세계적 발칸Global Balkans 지역이 된다는 것이다. 아프가니스탄, 이란, 팔레스타인 문제 등의 해결을 병행 추진하는 데 국제사회가 실패한다면 세계는 큰 재앙을 면치 못할 것이며, 둘째 중국의 고도 성장에 따른 사회적 다원화와 지지부진한 정치개혁 사이의 괴리는 중국뿐 아니라 동아시아 전체의 안정을 위협하는 요소로 작용한다는 것이다.

얄타협정이 가져온 분단의 아픔이 아직도 끝나지 않은 우리는 폴란드의 행운에 부러움과 선망의 감정을 감출 수 없다. 멀지 않은 가까운 날에 우리에게도 행운의 여신이 찾아오기를 기원할 뿐이다. 폴란드와 한국처럼 강대국 사이에서 국가의 생존과 발전을 도모해야하는 숙명적인 입장에선 평화와 개혁에 대한 꿈 못지않게 국가안보에 대한 부단한 주의가 필요함을 절감하게 된다. 나라는 이사를 갈수도 없고 이민을 갈 수도 없다. 우리는 하늘이 정해 주고 조상이가꾸고 닦아 온 바로 이 한반도에서 통일된 조국을 건설하고 지켜갈 것이다.

2004년 5월 24일

노무현 대통령의 고독한 결정

김선일 씨의 처참한 죽음은 온 국민을 충격과 슬픔, 그리고 당혹 속으로 몰아넣었다. 그리고 지난 며칠 우리는 억누르기 힘든 감정의 폭발로 말미암아 그 힘든 상황에서 우리의 대통령이 얼마나 적절한 판단을 내리고 명확한 입장을 밝혔는지를 간과하고 있었다. 김선일 씨의 죽음을 보고받은 직후 노무현 대통령이 국민에게 보낸 6월 23일 담화는 그 내용이나 격조에 있어 높이 평가되어야 한다.

무고한 민간인을 해치는 행위는 어떤 이유로도 용납될 수 없습니다. 테러는 반인륜적인 범죄입니다. 테러행위를 통해 얻을 수 있는 것은 아무 것도 없습니다. 결코 테러를 통해 목적을 달성하게 해서는 안 됩니다. 우리는 이러한 테러행위를 강력히 규탄하며 국제사회와 함께 단호하게 대처해 나갈 결심임을 밝혀드립니다.

대통령의 어록에서 오래 기억될 이 구절은 참으로 시의적절하게 대한민국의 입장을 천명한 것으로 적어도 세 가지의 기본원칙을 내포하고 있음을 알 수 있다.

첫째, 비겁한 테러와 그 위협에 대한민국은 결코 굴복하지 않겠다는 원칙이다. 이것은 테러와의 대결에서 양보나 후퇴는 있을 수 없다는 단호한 결단과 더불어 한국인의 꿋꿋한 자존심을 강조하는 대목이다. 우리 국민은 어려운 처지에서 이해나 도움을 청하는 상대에게는 과도하리만큼 너그러울 수 있지만, 우리를 얕보고 테러와 공갈로 협박하는 자에게는 민족의 자존심을 걸고 단호하게 대처한다는 것을 국제사회에 천명한 것이다.

둘째, 21세기에 들어서며 날로 심각해지는 국제테러의 위험에 대한 우리의 국가적 인식을 확실히 밝히고 있다. 반인륜적 범죄인 테러의 확산은 개별 국가에 대한 위협을 넘어 인류문명 자체를 뒤흔드는 인류사회 공동의 적임을 직시하고 국제사회의 단호한 대처에 우리도 적극 동참할 것을 약속했다.

셋째, 국제사회의 갈등 요인이 아무리 심각하다 해도 현존하는 기본질서와 절차를 무시하고 파괴하려는 세력에는 절대로 동조하지 않겠다는 우리의 선택을 재삼 강조하고 있다. 오늘의 세계에는 빈부의 격차를 비롯한 수많은 불평등과 불공정한 요소가 범람하고 있다. 더욱이 현존하는 국제체제나 질서는 정치, 경제, 군사 등 모든 면에서 강대국에 결정적으로 유리하며 약소국에 불리하게 편성돼 있는 것이 사실이다. 그러나 테러에 의한 기존질서의 파괴가 더 공정한 국제사회를 가져온다는 어떤 보장도 없으며 오히려 심각한 혼란과 불안정을 초래할 가능성이 더 커진다 하겠다. 세계 13위의 경제대국이 된 우리는 국가이익의 차원에서 국제질서의 평화적 개혁과 개선에 적극적으로 동참하는 한편, 혁명적 파괴세력에는 단호히 대처하는 입장을 선택한 것이다.

　이러한 일련의 원칙을 차분히 강조한 대통령의 6·23 담화는 국민과 국제사회로부터 찬사를 받아 마땅하다. 대통령이란 참으로 외로운 자리다. 아무리 나라 전체가 흥분의 도가니로 빠져들더라도 끝까지 침착하고 냉정하게 평정을 유지하며 국가의 안전과 이익을 역사의 흐름 속에서 진단하고 갈 길을 선택하는 최종 책임을 져야 하는 것이 대통령이다. 노무현 대통령은 "고인(김선일 씨)의 절규하던 모습을 생각하면 지금도 가슴이 미어지는 것 같습니다"라고 본인의 심정을 토로하였다. 그러나 그러한 인간적 감정을 넘어서 국가의 진로를 냉정하게 선택해야 하는 아픔이 얼마나 큰지는 아마도 대통령 혼자만이 알고 있을 것이다.

　이렇듯 침통한 상황에서 이라크 추가파병 일정을 예정대로 진행하기로 재확인한 것은 참으로 어려운 결정이었을 것이다. 국민 모두가 나라와 민족을 사랑하고 평화와 정의를 염원하면서도 파병을 적극 지지하는 사람도 있고 한사코 반대하는 사람도 있다. 그러나 오늘의 우리 사회가 겪고 있는 이러한 양심과 양심, 애국심과 애국심의 대결처럼 쓰라린 갈등은 없다. 김선일 씨의 죽음을 계기로 파병 반대의 목소리가 더욱 커지고 있는 가운데 내려진 노무현 대통령의 어려운 결단은 그에 대한 우리 국민의 기대와 신뢰를 더욱 굳혀 갈 것이다.

2004년 7월 5일

동북아 중심국가로 가는 첫발은

우리는 동북아의 중심국가가 돼 보겠다는 꿈을 여러 해 꿔 왔고 이제는 그것이 국가적 목표로 공식화됐다. 열강의 틈바구니에서 온 갖 풍상을 겪어 왔으며 아직도 분단의 고통에 시달리고 있는 우리나라가 과연 중심국가로 도약할 수 있느냐에 대해서는 많은 국민이 희망과 우려가 섞인 불안감을 안고 있다. 그러기에 동북아 중심국가론은 결코 허황된 꿈이 아니고 오늘의 국제정세 속에서 대한민국의 안전과 번영을 최대한 담보하려는 전략적 선택임을, 특히 공격적 측면과 방어적 측면을 동시에 갖춘 전략임을 국민에게 널리 알릴 필요가 있다.

오늘의 동북아 정세는 역사상 그 어느 때보다 지속적인 평화와 번영의 가능성을 뚜렷하게 보여 주고 있다. 공산당이 통치하고 있는 중국이나 베트남은 자유민주주의 체제로 운영되는 한국이나 일본과 큰 갈등 없이 공존하는 정치적 유연성이 일상화된 지역이다. 한반도와 대만해협에 긴장이 지속되고 있기는 하지만 1975년 베트남 전쟁이 끝나고 한 세대에 걸쳐 대규모 군사충돌 없는 지역적 평온을 유지하고 있다. 바로 이러한 평화와 번영의 분위기가 우리에게 동북아 중심국가론을 전개할 수 있는 기회를 마련해준 것이다.

강대국 사이에 갈등과 긴장이 고조되는 상황에선 상대적 약소국인 우리의 운신 폭은 좁아질 수밖에 없다. 그와 반대로 지금처럼 평온이 유지되는 경우에는 우리에게 적극적 또는 공격적 전략을 시도할 행운의 공간이 주어진다. 더욱이 현재 동북아에서 유지되고 있는 평온은 이 지역의 모든 국가가 시장경제의 보편화를 통한 경제성장에 국가의 최우선 순위를 부여한다는 공통분모를 공유하는 데서 비롯됐음을 유의해야 한다. 눈 딱 감고 고도 성장에 매진하는 중국의 자세가 지역 평화의 가장 큰 요인임은 설명할 필요가 없다. 이렇듯 경제발전이 동북아지역 평화의 기본 원칙이며 원동력이라면 한국은 공세적 전략을 펼쳐 볼 경험과 실적도 있고 자신과 당위성도 있다. 한 세대 만에 국민소득 1백 달러에서 1만 달러로 도약한 '한강의 기적', 그 주인공이 바로 우리가 아닌가. 각 나라의 인구·군사력을 견주는 시합이 아닌 창의력과 경제력의 경쟁으로 동북아 공동체가 태동하고 있다면 우리가 중심 역할을 담당하겠다는 공격적 전략을 선택하는 것은 상당한 설득력이 있는 것이다.

문제는 동북아 중심국가라는 목표의 설정이 아니라 실천방안과 이를 밑받침하는 정치적 선택에 있다. 한마디로 경제 제일주의, 특히 창의력과 경쟁력에 초점을 맞춘 경제 우선 정책에 전력투구하지 않고서 동북아 중심을 꿈꾼다면 허무한 망상이 되어 버릴 것이다. 중국의 약진, 일본의 저력을 앞질러 가겠다는 과감성과 집중력을 보일 때에만 우리의 공격적 전략이 정당화될 수 있다.

한편, 동북아 중심론의 방어적 측면은 어떤 것인가. 오늘날 동북아에는 다행히도 평화가 유지되고 있지만 그것이 지정학적 여건을 원천적으로 바꿔 놓은 것은 아니다. 인구뿐 아니라 경제를 포함한 모든 면에서 세계 제일을 꿈꾸는 중국, 유럽에서 아시아에 걸쳐 방대한 국토와 자원을 보유한 러시아, 아직도 엄연히 세계 제2의 경제 대국이며 그 위치를 반드시 지켜 가겠다는 일본 등 강대국이 인접한 동북아시아의 지정학적 여건은 상황의 변화에 따라서는 언제나 위험한 세력의 각축지대로 바뀔 수 있으며, 그럴 경우 가장 먼저 희생의 제물이 될 수 있는 것이 바로 한국의 위치다.

따라서 열강 사이의 안정적 세력 균형을 담보하는 데 중심 역할을 자원하고 나서는 것이 방어적 차원에서 제기하는 동북아 중심론이며 이는 우리의 생존을 위한 보험전략이라고 할 수 있다. 중국, 러시아, 일본 사이에서 가장 작은 나라인 우리가 과연 지역적 세력 균형 체제를 구축하는 중심국가가 될 수 있을까. 이미 지적한 대로 우리는 계속 자주적 힘을 길러야 한다. 그러나 그에 못지않게 중요한 것은 동북아 세력 균형을 향해 우리와 뜻을 같이하는 지역 외부의 큰 세력, 즉 미국과의 동맹관계를 확실히 견지하는 것이다.

결국 동북아 중심국가라는 목표로 전진하는 첫걸음은 경제발전과 동맹유지를 최우선 정책목표로 재확인하고 이에 대한 국민적 합의를 다지는 데서 시작돼야 한다.

2004년 7월 26일

'인간안보' 더 미룰 수 없다

　즐거움에 못지않게 걱정도 많았던 추석이었다. 나라 걱정으로 오랜만에 모인 가족들의 마음이 편치 않았음은 물론, 살림 걱정에 시달림도 많았으리라 짐작된다. 그러나 고향에 돌아가고, 가족이 모이고, 조상과 어른을 찾아뵙는 추석의 훈훈함은 아무리 어려운 상황에서도 우리 모두에게 인간과 가정의 소중함을 다시 한번 확인해 주는 시간이 되었을 것이다.

　지금까지 우리는 국가안보의 중요성에 주안점을 두고 지내 온 것과 달리 '인간안보'에 대하여는 다소 소홀하게 여기지 않았었나 싶다. 사람은 조국이 있어야 떳떳하게 살아갈 수 있다. 그러나 사람이 사람답게 살아갈 수 있는 기본여건이 무너져 버리면 나라는 정통성의 위기에 빠지며 사회공동체는 혼란과 분열에 휩싸이게 된다. 그것이 곧 실패한 국가의 문제다. 근래에 유엔을 비롯한 국제사회 안에서 인간안보에 대해 강조하게 된 것은 세계화와 정보화의 물결 속에서도 인간의 기본 복지 수준이 충족되지 못하고 갖가지 억압으로부터 자유가 확보되지 못할 때 인류사회는 더 큰 불안과 불행 속으로 빠져들 것이라는 경각심의 결과다. 그런데 한국에서는 의외로 인간안보에 대한 국민적 관심이나 국가 차원의 대책이 전혀 부각되지 못하고 있다.

우리는 냉전과 분단의 시련 속에서도 국가안보, 민주화, 그리고 산업화에 크게 성공하였음을 자타가 공인하는 나라다. 그러나 그러한 성공은 많은 희생과 부작용을 수반하였고 지금도 우리는 그 성공의 대가代價를 치르는 진통을 겪고 있다. 치열한 남북 대결과 민주화 투쟁 과정에서 겪어야 했던 억울한 희생, 그리고 산업화를 위해 흘린 땀의 불균형과 과실의 불공평한 분배는 쉽게 삭일 수 없는 울분으로 많은 국민의 가슴속에 남아 있다. 그러나 경제적 불안감에 떨고 있는 우리 사회에서 가장 시급한 인간안보의 과제는 빈부격차, 특히 절대빈곤의 문제며 어떻게 한국인으로서 인간답게 생활할 수 있는 기본여건을 보장받느냐는 사회안전망의 구축이라 할 수 있다.

진보와 개혁의 기치를 높이 들고 집권한 대통령이나 여당은 이러한 인간안보의 과제에 대해 국가안보보다 더 큰 비중을 두리라고 많은 국민은 기대하였다. 그러나 현 정부의 정책향방이 모든 방향으로 한꺼번에 돌진을 시도하다 보니, 그 결과 급박한 경제 문제는 물론 인간안보에 대한 우선순위를 부각하는 데에도 실패하고 있다. 김근태 보건복지부 장관의 경우가 이러한 사정을 반영하는 좋은 예다.

김 장관은 우여곡절 끝에 복지부에 취임한 뒤 복지문제 해결을 무엇보다 우선하는 국민통합의 필요조건으로 강조하고 있다. 국민연금법 개정을 잘못 늦추면 정부와 사회가 무너진다는 극단적인 발언도 서슴지 않으며 강도를 높이고 있다. 그러나 대통령이나 여당은 복지문제를 포함한 인간안보에 대해 최우선 과제로 밀고 가겠다는 어떤 의지의 표명도 없었고, 김 장관의 리더십을 부각하려는 노력도 전혀 보이지 않고 있다. 오히려 우선시되어야 할 국민복지보다 시급성이 덜한 여러 과제에 권력자원을 지속적으로 분산투입하는 듯 보여 많은 국민을 불안하게 하고 있을 뿐이다.

인간안보는 남북 관계를 기획하는 데에도 반드시 고려되어야 한다. 우리가 민족공동체 건설을 통한 통일로 전진을 주장하는 것은 바로 민족 구성원 모두의 복지여건 확보에 일차적 중요성을 부여하기 때문이다. 통일이 민족의 꿈이며 큰 목표임엔 틀림없다. 그러나 당장 시급한 것은 북한동포의 복지수준이 인간다운 생활을 영위하는 기본여건을 충족시킬 수 있도록 남북이 협조하는 것이다.

'인권'이라는 용어에 대한 극단적인 알레르기 반응이 북한체제 안에서 체질화되었다면 굳이 이를 사용할 필요는 없다. 그러나 '인권'이라는 용어를 피한다고 인권문제가 없어지는 것은 아니다. 남북대화에 걸림돌이 된다는 단순한 이유만으로 넓은 의미의 인권문제 논의를 회피하는 관행은 나라 안팎에서 차츰 설득력을 잃어 가고 있다. 차제에 북한동포의 복지를 포함한 인권문제도 우리 민족의 인간안보라는 역사적 과제의 일부로 양성화하는 것이 바람직하지 않을까 싶다. 남이건 북이건 인간안보의 문제를 더 이상 뒤로 미룰 수는 없다.

2004년 10월 4일

미 대선이 새 국제체제 분수령

　　미국 대통령 선거가 다음 주일로 다가왔다. 이번 선거에서는 예년
과 달리 미국의 대외정책이 최대 쟁점으로 떠오르고 있다. 실업, 세
금, 사회 보장, 교육 개혁, 재정 적자 등 미국 선거의 향방을 좌우하
던 과거의 고정메뉴가 뒷전으로 밀려나 버렸다. 그러다 보니 이라크
전쟁과 '테러와의 전쟁'에 대한 국민투표가 되어 버린 듯하다.

　　며칠 전 뉴욕에서 자리를 함께했던 키신저 전 국무장관, 코언 전
국방장관, 홀브룩 전 유엔대사도 이번 선거가 미국 외교정책의 전환
점이 될 것이라는 데 의견을 같이했다. 공화당과 민주당 정부에서
각자 다른 경력을 쌓았던 인사들이지만 이번 선거가 국제정치의 틀
과 방향을 원천적으로 바꾸어 놓는 계기가 될 수 있다는 공통의 견
해를 지니고 있었다. 제2차 세계대전의 종료와 더불어 트루먼 대통
령이 펼친 유엔 중심 외교와 냉전 초기에 구축한 동맹외교의 틀이
거의 효력을 상실한 지금이 바로 세계사적 전환점이며 국제질서 재
편의 시점이라는 진단에 동의한 것이다.

유럽 외교사의 대가인 키신저 박사는 오늘의 불안정한 국제상황을 1871년의 유럽에 빗대어 진단했다. 비스마르크의 영도 아래서 통일을 달성하고 강대국으로 부상한 독일을 당시의 유럽이 적절히 수용하는 체제 개편을 이루지 못함으로써 갈등과 불안정과 파탄을 초래했다는 것이다. 미국이 주도하고 있는 오늘의 세계도 비슷한 실패를 거듭할 수 있는 가능성을 다분히 안고 있다. 시장, 정보, 기술, 문화의 세계화는 빠른 속도로 진전되고 있지만 국제사회의 안정을 위한 운영체제나 질서의 회복은 불확실한 상황이다. 그리하여 도처에서 불평등과 혼란, 그리고 갈등에서 오는 싸움만이 만연하고 있다. 그런 가운데서 새로운 강대국으로 떠오르고 있는 중국이나 또 다른 가능성을 보이는 인도 등의 위상을 인정하고, 이들과 기존 세력을 어떻게 배합해 새로운 질서와 평화를 확립해 나가느냐 하는 국제체제의 개편은 미국이 짊어져야 할 시급한 과제로 남아 있다.

이렇듯 미국의 대선과 연계해 국제체제 개편의 필요성에 대해 공감대가 확산되고 있는 것은 결국 새로운 세력 균형의 모색이 불가피해졌음을 뜻한다. 냉전에서의 승리로 유일 초강대국이 된 미국의 강력한 영향력은 세력의 다원화로 말미암아 그 한계를 노출하고 있는 것이다. 따라서 이라크 전쟁, 테러와의 전쟁, 핵무기 확산 등 어떤 문제이든 간에 변화하는 세력 균형에 바탕을 둔 새로운 국제질서와 동맹관계의 구축 없이는 뚜렷한 해결책이 없다는 판단이 당파를 초월하여 미국 조야에 널리 자리 잡고 있다. 부시가 재선되든, 케리가 승리하든 미국 외교정책의 디자인과 전략은 상당한 수준의 수정과 전환을 시도하게 될 것이다.

이러한 미국 외교의 방향 전환은 지난 몇 해 동안, 특히 9·11 이후에 눈에 띄게 강화된 미국의 일방주의 경향에 제동을 걸고 새로운 협조와 동맹관계를 모색하는 데 초점을 맞추게 될 것이다. 케리가 승리할 경우 그러한 방향 전환이 상대적으로 다소 용이할 것은 사실이지만 부시가 재선되더라도 어느 정도의 노력은 반드시 시도될 것으로 예상할 수 있다. 따라서 유럽이나 아시아의 주요 국가들은 벌써 자기에게 유리한 관계를 정립하고자 새로운 논리와 구상을 개발하고 대선 직후 미국 측과 논의를 시작하려 발 빠르게 움직이고 있다. 예컨대 중국이 러시아와 길게 끌어 오던 국경 문제를 재빨리 정리하는 것, 프랑스를 비롯한 유럽 국가들과 협조관계를 강화하는 것 등도 결국 미국과의 관계를 새로운 세력 균형의 판도 위에서 재정립하겠다는 전략적 선택의 결과라고 볼 수 있다.

우리나라도 국제적인 세력 균형의 재편과 한·미 동맹관계의 재정립을 위해 예리한 상황판단으로 효과적인 외교전략을 지체 없이 가다듬어야 할 시점에 놓여 있다. 중국, 일본, 러시아 세 강대국을 이웃에 두고 분단의 긴장 속에서 북한과 대치하고 있는 우리에게 다시한번 숙명적 선택의 순간이 다가오고 있기 때문이다. 반미냐 친미냐의 소아적인 논쟁보다 어떠한 세력균형을 어떻게 유도할 것인지에 총력을 기울여 우리의 생존과 자유를 지킬 수 있는 확실한 전략을 선택해야 한다. 불요불급한 사안으로 낭비할 시간은 없다.

2004년 10월 25일

미국과 협조해야 '균형자론' 힘 받아

동북아 균형자론을 둘러싼 논의가 갈수록 혼선의 늪으로 빠져들고 있어 크게 걱정된다. 하루속히 우리의 입장이 정리되지 않으면 과연 우리가 어떤 국가적 전략목표를 추구하겠다는 것인지 국민은 물론 국제사회도 혼란스러워하지 않을 수 없다 .

문제의 초점은 두 가지로 요약할 수 있다. 첫째, 우리가 동북아의 균형자 역할을 추구하면서도 기존의 한·미 동맹을 지켜 가겠다는 두 목표는 서로 보완적인가 아니면 모순적인가. 둘째, 우리가 과연 동북아의 균형자 역할을 감당할 수 있는 수준의 국력이 있는가.

우선 우리는 왜 동북아에서 균형자가 되려 하는지를 생각해 보아야 한다. 주변 강대국 사이의 세력 균형이 깨지고 불안정한 상황이 벌어지면 우리의 안보가 위협받기 때문이라는 것이 교과서적인 정답이 될 것이다. 그러나 좀더 핵심을 말한다면 주변 강대국 가운데 어느 한 나라가 패권국가로 등장할 때 우리가 가장 큰 희생의 제물이 될 것이라는 판단 아래 패권국가의 출현을 적극적으로 예방하고

자 세력균형의 중심이 되기를 자원하고 나서겠다는 것이다. 이러한 판단은 세계에서 가장 인구가 많은 중국, 가장 국토가 넓은 러시아, 두 번째로 규모가 큰 경제대국 일본이란 세 강대국을 이웃하고 있는 우리의 특수한 지정학적 여건을 감안한 것이다. 그러나 그보다 우리의 생각을 결정적으로 좌우하는 것은 패권국가의 등장이 몰고 왔던 참혹한 수난의 역사에 대한 생생한 기억이다.

19세기 말까지 아시아의 중원을 차지하였던 대국大國 중국과의 관계가 과연 독립된 주권국가로서 우리의 체면과 자존심에 합당하였는지는 지금도 생각하기 싫은 역사의 유산이다. 제국주의 시대의 끄트머리에 군국주의로 무장한 일본이 지역적 패권국가로 부상하는 과정에서 식민지로 전락하였던 우리의 뼈아픈 불운을 잊을 한국인은 없을 것이다. 마르크스-레닌주의에 바탕을 둔 국제공산주의의 종주국으로 소비에트 러시아의 패권 세력이 급격히 확장되던 냉전 초기에 한반도 남쪽에 자리 잡은 우리의 운명이 풍전등화였던 것도 우리는 결코 잊지 못할 것이다. 따라서 우리 주변에서 어떤 패권국가의 등장도 반드시 막아야겠다는 것이 우리의 전략적 목표며 이를 위하여 지역 내 균형자inside balancer를 자처하고 나서는 것이다.

다행히도 유일 초강대국이며 우리의 동맹국인 미국도 자신의 전략적 논리에 따라, 아시아에서 패권국가 출현을 저지하겠다는 목표를 세우고 지역 외 균형자outside balancer의 역할을 적극적으로 감당하려는 자세다. 그러나 지역 외 균형자가 아무리 힘이 막강하더라도 지역 내 균형자와 협력 없이는 목표를 달성하기 어렵다는 역사의 교훈을 미국은 알아야 한다. 동북아시아에서 지역 내 균형자가 될 수 있는 나라는 한국 이외에는 없다는 사실도 외면하기 어려울 것이다.

그렇다면 과연 우리의 국력이 균형자로서의 역할에 걸맞은가. 물론 균형자라고 주변 강대국과 반드시 대등한 국력, 특히 대등한 군사력을 유지해야 할 필요는 없다. 세계 12위의 경제규모를 지니고 자유와 주권을 지키기 위해서는 총력전도 불사하겠다는 한국이 강력한 지역 외 균형자와 동맹 관계를 유지한다면 그 힘과 영향력은 상당할 것이다. 바로 그런 한국의 힘과 의지 때문에도 지금의 동아시아 상황은 1백 년 전의 상황과 확연히 구분되는 것이다.

아시아의 평화와 번영을 아시아 국가끼리 모여 상의하고 싶어 하는 것은 너무나 당연하다. 올해 12월 쿠알라룸푸르에서 열리는 동아시아 정상회의가 바로 그러한 지역 정서를 반영하고 있다. 그러나 아시아의 안보나 경제를 세계적 안보체제나 시장질서로부터 완전히 분리시켜 다루기에는 이미 너무나 깊숙한 연계가 이뤄져 왔다. 동북아시아의 평화를 위한 세력 균형의 문제도 역시 그런 세계적 네트워크 속에서만 유효한 해답이 나올 수 있다. 그러기에 11월로 예정된 부산 아시아·태평양경제협력체APEC 정상회의가 새로운 아시아·태평양 시대의 막을 올리는 역사적 계기가 될 수도 있다. 조지 W. 부시 미 대통령은 이라크전 이후 전개되는 새로운 국제질서를 아태 지역에서 어떻게 정착시킬까에 대해, 노무현 대통령은 동북아 평화와 번영에 필요한 새 균형을 어떻게 만들어 갈 것인가에 대해 비전과 리더십을 보여 줄 절호의 무대에 서게 된다. 한·미 간에 깊이 있는 협의가 이뤄지길 기대한다.

2005년 4월 11일

세계는 지금 자원전쟁 중

　자연자원, 특히 석유자원이 풍족한 나라와 빈곤한 나라가 세상을 보는 눈이 어찌 같을 수 있을까. 그러나 산업화의 세계화가 속도를 올릴수록 석유의 안정적인 공급을 보장받기 위한 국제경쟁은 치열해질 수밖에 없고, 산유국이나 비산유국이나 각자의 이익을 극대화하기 위한 새로운 합종연횡을 시도할 수밖에 없다.

　1월 23일 중국 베이징을 처음으로 국빈 방문한 압둘라 사우디아라비아 국왕과 후진타오 주석이 합의한 석유와 천연가스 등 에너지 부문에서 맺은 협약은 국제정치의 판도를 바꿀 수 있는 잠재적 폭발력을 지닌 사건이었다. 세계 제1위 산유국인 절대왕정 국가와 세계 제2위 석유 수입국인 공산주의 국가 사이에 맺어진 에너지협약이 지닌 정치경제적 파장은 예사롭지 않다.

　그로부터 한 주일 뒤 부시 대통령이 연두교서에서 밝힌 대체에너지 개발계획, 특히 중동석유에 대한 미국의 의존도를 향후 20년 동안 75퍼센트나 줄이겠다는 목표 역시 국제정치의 세력 균형과 자원

경쟁을 염두에 둔 선언이었다. 결국 국가의 안전과 번영은 통상이나 산업기술 신장에 못지않게 석유를 비롯한 자원 확보 차원에서 판가름나는 시대가 온 것이다.

　석유를 넉넉하게 매장하고 있다고 만사가 저절로 해결되는 것은 아니다. 바람과 모래에 휩싸인 중동의 사막에서 살아가야 하는 각박한 환경이 신이 주신 불공평의 산물일 수도 있었다. 그러나 석유자원의 발견은 단숨에 이 지역의 운명을 바꿔 놓았다. 역시 신은 공평하다는 것을 보여 주었는지도 모른다. 그렇다면 과연 석유는 축복인가, 아니면 재앙인가. 《뉴욕 타임스》의 논객 프리드먼은 중동에서는 석유와 민주주의가 공존할 수 없다고 주장한다. 석유의 개발이익을 독점한 지배군주나 독재자는 국민의 정치적 참여능력이나 국민복지 향상을 억제하면서도 자의적인 통치체제를 유지할 수 있다는 것이다. 즉 석유가 독재를 가능케 한다는 것이다. 석유가 한 방울도 나지 않는 레바논만이 유일하게 중동에서 민주주의를 실험하고 있는 것이 이를 뒷받침하고 있다고 한다. 그러기에 민주주의의 세계적 확산을 기치로 내건 미국의 관점에서 중동의 석유는 축복이기보다 재앙으로 보일 수도 있다.

　그러나 신이 우리에게 준 모든 것은 인간의, 특히 지도자의 선택에 따라 축복이나 재앙으로 이어질 수 있다고 며칠 전 카이로에서 만난 아테프 오베이드 이집트 전 총리는 담담하게 지적하였다. 석유가 자동적으로 경제발전을 보장하는 것은 아니며 경제발전에 대한 지도자의 의지와 추진능력, 즉 국민의 참여와 동원을 조직적으로 이끌어 갈 정치력만 있다면 향후 중동 지역의 발전 전망은 결코 어둡지 않다는 것이다. 이집트 경제를 포함한 중동경제도 세계경제의 일부로서 원활하게 작동해야만이 정상적인 발전을 기약할 수 있다고 강조하는 오베이드 전 총리는 이란이 석유의 외교적 무기화를 시도하는 데 대해서도 심각한 우려를 표명했다. 이러한 이란의 공세는 중동 지역과 서방 사이에 이른바 문명의 충돌을 야기할 뿐만 아니라 중동 지역 내부의 헤게모니 쟁탈전으로 비화할 위험마저 있다는 것이다.

이러한 중동 산유국들의 딜레마는 기름 한 방울 나지 않는 한국과 같은 처지에서 본다면 사치스러운 불평에 지나지 않는다. 이미 극렬한 자원경쟁에 휘말리고 있는 국제 세력 균형의 전환 과정에서 우리도 발 빠르게 입지를 확보하지 못한다면 한국의 미래는 심각한 위기에 처할 수밖에 없다. 지금 우리에게는 머뭇거릴 여유가 없다. 자원경쟁에 총체적으로 대비할 책임 있는 사령탑을 확정하는 동시에 지체 없이 과감한 자원확보 정책을 행동으로 옮겨야 한다. 예컨대 이라크에 파견된 자이툰 부대는 부단한 노력으로 현지 쿠르드족과 신뢰를 성공적으로 쌓아 가고 있음에도 우리의 경제적 실리 확보, 즉 석유 매장량이 막대한 그 지역에서조차 자원확보 노력이 부진한 듯싶어 걱정된다.

아직도 전쟁상태인 이라크에서 우리 국민의 안전을 가장 앞세우는 정부 방침은 매우 타당하나 자원전쟁의 역사를 되짚어 볼 때 위험을 무릅쓴 모험정신과 과감한 결단 없이 승리를 거둔 예는 찾기 힘들다. 우리가 자랑하는 '필승 코리아'의 기질을 중동을 비롯한 자원전쟁의 일선에서 발휘해야 할 때가 바로 지금이다.

2006년 2월 13일

미·중 양강兩强 시대의 국제 전략

난세에 살아남아 뻗어 나가려면 개인이든 국가든 눈치가 빠르고 세상 돌아가는 판세를 잘 읽을 수 있어야 한다. 세상 흐름에 대한 빠른 눈치와 바른 판단력이 합쳐지면 곧 경세經世의 지혜가 되는 것이다. 그러한 지혜는 지도자의 필수적 자질이며 국민적 덕목이다. 천하대세를 못 읽는 지도자나 눈치 없이 날뛰는 국민은 나라에 화를 자초할 뿐이다.

오늘날 천하대세를 좌우하는 최대 변수는 미국과 중국의 관계라고 하겠다. 냉전이 막을 내린 뒤 유일 초강대국으로 세계질서 관리에 앞장서 온 미국은 그 통제력과 영향력의 한계를 도처에서 드러내고 있다.

이를 확연히 보여 주는 예가 이라크, 이란 등 중동에서 일어나는 혼전 상태가 아닌가. 그러나 반면, 중국의 급속한 부상은 세계를 모두 당황하게 만들고 있다. 물론 중국의 부상이 인류 역사의 차원에서 본다면 놀랄 것이 못 된다는 하버드대 나이 교수와 같은 견해도 있다. 서기 500~1500년에 이르는 1천 년 동안 중국은 경제와 기술 차원에서 세계 정상에 있었으며, 그러기에 21세기 초 중국의 급부상은 원래 위치로의 복귀라고 볼 수 있다는 것이다. 과거야 어찌됐든 미·중 두 강대국의 관계가 어떤 방향으로 전개될 것인가에 대해 세계는, 더욱이 우리와 같은 주변국은 긴장하지 않을 수 없다.

1970년대 초 미·중 관계 정상화의 주역이었던 키신저 전 미 국무장관은 미·중 관계가 군사적 대결로 이어질 가능성은 크지 않다는 다소 낙관적 견해를 자주 피력해 왔다. 압도적 군사력보다는 경제, 문화적 제국주의로 영향력을 넓혀 간 중국의 전통은 오늘날도 유효하며, 그러기에 미국은 중국과 군사적 대결보다는 경제적 경쟁에 주력해야 함에도 그렇지 못한 듯싶어 걱정스럽다는 것이다. 또한 그는 중국은 과거의 소련과는 달리 승자독식보다는 이해당사자 간의 타협을 모색하는 외교적 성향도 지녔음을 주목해야 한다고 강조하고 있다.

그러나 이러한 낙관론이 널리 받아들여지지 못하고 있는 가장 큰 이유는 미·중 사이의 통상 불균형이 위험수위를 넘고 있기 때문이다. 중국은 국내총생산GDP의 7.5퍼센트인 1천5백 억 달러의 흑자, 미국은 GDP의 7퍼센트인 8천 억 달러의 적자로 경상수지에서 나타나는 심각한 불균형이 양국 관계가 파탄으로 이어질 수밖에 없다는 비관론을 부추기고 있는 것이 현실이다. 이번 주에 열리는 조지 W. 부시와 후진타오의 정상회담에서도 바로 이 문제를 중심의제로 삼지 않을 수 없을 것이다.

미·중 사이의 우호적 협력 관계를 구축하는 데는 넘어야 할 장애가 한두 가지가 아니다. 미국과 같은 민주사회에서는 대중·언론·의

회라는 삼박자가 중국의 위협에 대한 공포심리를 부추길 수도 있다. 미국의 동맹국인 일본과 중국 사이의 관계 악화도 부정적 요소로 작용할 수 있으며 북한 핵과 대만 문제 역시 미·중 사이의 긴장을 고조시킬 수 있다. 자원 확보를 둘러싼 경쟁이 과열될 가능성도 배제할 수 없다. 아마도 가장 큰 장애는 중국의 고도성장에 따르는 지역·세대·빈부 간 격차가 내포한 불확실성일 수 있다. 이러한 일련의 장애요인에도 미·중 두 나라는 상호이익과 범세계적 평화를 위해 대결과 충돌을 예방하고 협력체제를 구축해야만 하는 역사적 의무를 지녔다고 하겠다. 바로 그러한 사명을 강조하고 이를 현실화하는 지혜를 제공해야만 하는 것이 한국에 주어진 시대적 역할이다.

이미 세계 11위의 경제규모를 지닌 한국은 세계적 시장경제 시대를 맞아 능동적 자주외교로 운명을 개척해 나가야 하는 기회를 맞고 있다. 미·중, 중·일 관계를 상호불신의 늪에서 건져내 모두의 번영을 위한 아시아·태평양 공동체로 이끄는 기수 노릇도 마다할 이유는 없다. 만약 중국이 미국을 제외시킨 아시아 경제블록 형성을 기획한다면 미국은 결코 좌시하지 않을 것이라고 지난주 뉴욕에서 만난 키신저 박사는 강조했다. 6월 시작될 한·미 자유무역협정FTA 교섭의 중요성을 간접적으로 시사하는 대목이다. 판세에 대한 지도자의 결단과 국민의 눈치가 어우러져 지혜로운 선택으로 우리의 나아갈 길을 찾아야 할 것이다.

2006년 4월 17일

월드컵 축구의 시대정신

　토고에 선취점을 내준 뒤 후반전을 맞게 된 독일 프랑크푸르트 경기장에서 만감이 교차하는 답답함에 짓눌린 것은 나 혼자만이 아니었을 것이다. 서울시청 앞 10만 명을 비롯한 온 국민의 기대와 우려를 생각하면서 스타디움을 붉은색으로 뒤덮은 한국 원정응원단의 "대~한민국"이 되풀이될 때마다 난감하기 이를 데 없었다. 그러기에 독일 월드컵에서 첫 경기를 어렵게 역전승으로 장식한 우리 팀이 여간 대견한 것이 아니었다. 선수들에게 모든 국민과 함께 고맙고 자랑스러운 마음을 전할 수 있었던 것은 더할 나위 없는 기쁨이었다. 경기 초반에 "한국 선수들이 파업을 하려는 것인지 별로 움직이지 않더라"고 베켄바우어 조직위원장이 정몽준 회장에게 건넨 농담도 즐겁게 받아들일 수 있었던 것은 극적인 승리가 마련해 준 여유 덕택이다.

　인류의 거의 4분의 1이 관전하거나 시청하는 월드컵대회가 지구상 최대 축전임에는 틀림없다. 그러나 과연 축구가 무엇이기에 마치

국가의 명운이 달려 있듯이 세계 곳곳에서 이처럼 큰 흥분의 파도를 일게 하는가.

전투에서 승패는 '병가兵家의 상사常事'라고 했듯이, 스포츠에서 승패도 체육인에게는 항시 피할 수 없는 결과다. 이기지 않으면 지는 것이 경기의 결과 아닌가. 그러기에 승패보다 참가 자체에 큰 의의를 부여하는 올림픽에 견주면, 최선의 노력과 최대의 행운이 합쳐져 만들어 내는 승리에 큰 프리미엄을 두는 월드컵이 대부분의 사람에게는 훨씬 더 재미있는 것이다. 최고의 기량, 조직, 전략을 만들어 내는 것은 인간의 노력이며 최대의 행운은 신의 선물이기에 그 조화를 세계무대에서 추구하고 시험하는 월드컵이 인류를 흥분시키는 것이다.

축구에선 강자가 반드시 이기라는 법이 없고 약자가 꼭 져야 한다는 법도 없다. 이러한 불확실성 때문에 히틀러는 축구를 좋아하지 않았다. 게르만 민족의 우수성과 나치 권력의 절대성을 신봉하는 히틀러로서는 강자가 약자에게도 패배할 수 있다는 축구의 불확실성을 용납하기 어려웠던 것이다. 막강했던 독일팀이 1936년 베를린 올림픽에서 노르웨이에 당한 패배, 1938년 파리 월드컵에서 스위스에 당한 패배 등은 그에게는 역사의 법칙에 어긋나는 수모였다. 그러므로 지구촌 곳곳에서 월드컵에 흥분하는 가장 큰 이유는 바로 승리는 아무도 독점하거나 선점할 수 없다는 열린 가능성을 믿기 때문이다. 2002년 우리의 4강 신화가 이를 증명하지 않았는가.

월드컵대회가 지구촌을 흥분시키는 또 다른 큰 이유는 모든 참가팀은 자국의 국민적 기대와 자존심을 대표하기 때문이다. 전쟁이 아닌 축구경기를 통해 국가 간의 힘과 운을 겨뤄 보는 것은 진정 지구상 최대의 쇼가 될 수밖에 없다. 그러나 이러한 경기는 내셔널리즘을 과열시킬 가능성을 다분히 안고 있으며 적지 않은 수의 독재자가 축구와 결부된 내셔널리즘을 대중 동원과 독재체제 강화 수단으로 사용한 경우를 역사는 기록하고 있다. 그러기에 자국의 명예를 걸고 뛰는 대표팀에 대한 지지와 애국심을 어떻게 지구촌 평화와 인류적 우의를 추구하는 보편적 가치에 연계시키느냐는 과제가 우리 모두에게 주어지는 것이다.

애국심이나 자존심이 민족적 우월감이나 열등감과 뒤섞이면 무서운 파탄과 혼란을 자아낼 수 있다는 것을 이번 월드컵이 열리고 있는 독일과 유럽의 현대사가 증명하고 있다. 1933년부터 유대인을 국가대표팀에서 제외한 나치독일이 저지른 인종우월주의의 결말을 인류는 오래 기억할 것이다. 또한 1998년 월드컵에서 이민자들을 포함한 다인종 팀으로 우승의 영광을 차지했던 프랑스도 그 뒤 인종 간의 화합을 순조로이 진전시키지 못한 채 급기야는 심각한 사회적 혼란과 폭력사태에 시달리고 있다.

이번 2006 독일 월드컵의 주제인 "친구를 만들어 가며 인종주의를 배격할 때가 바로 지금이다(A time to make friends, no to racism)"는 우리가 살고 있는 시대정신의 핵심을 다시금 생각하게 해 주는 대목이다.

2006년 6월 19일

선진화와 기후변화협약

'샌드위치 코리아'라는 유행어는 경제선진국과 개발도상국 사이에 끼여 있는 한국 경제의 어려움을 단적으로 말해 주고 있다. 세계 제2의 경제대국으로 고도의 기술력을 갖춘 일본과 무서운 속도로 매년 두 자릿수 경제성장을 거듭하고 있는 중국 사이에서 날로 가중되는 스트레스에 시달리는 한국의 어려운 처지를 한마디로 표현한 것이다.

선진화 원년을 선포한 이명박 대통령의 취임사에서도 저만치 앞질러 가는 선진국들과 바짝 추격해 오는 후발국들 사이에서 우리는 더 이상 '샌드위치 코리아'로 머뭇거릴 수 없다는 각오를 밝히고 있다. 경제발전의 중간지대에서 샌드위치가 된 국가적 위기를 극복하기 위해 '경제 살리기'에 전력투구하겠다는 선진화 전략을 선택한 것은 일단 타당하다고 볼 수 있다. 오직 한 방향, 즉 선진국 대열에 합류하기 위해 앞으로, 더 높은 곳으로, 그리고 빠른 속도로 경제를 성장시키고 질적 내용도 업그레이드시켜 나가자는 것이다.

하지만 오늘의 세계에선 선진화의 기준이 단순한 경제성장 및 경쟁의 차원을 뛰어넘어 인류가 함께 처한 공동의 위협, 그 가운데서도 이산화탄소 배출로 말미암은 지구온난화의 엄청난 재앙에 앞으로 어떻게 대처해 나가야 하는가에 맞춰져 심도있게 토론되고 있음을 주목해야 한다. 기후변화에 따라 인류가 직면하고 있는 위협은 인간이 경제발전 과정에서 저지른 인재人災이다. 앞으로 그에 대한 책임은 누가 질 것이며, 위기에 대처하는 비용은 또 어떻게 부담할 것인지 등의 문제를 풀어가는 과정에서 앞으로 선진국이 감당해야 할 책임을 생각한다면, 선진화의 의미와 기준은 달라질 수밖에 없을 것이다.

지난주 일본에서 개최된 G20, 즉 한국을 포함한 20개국 환경·에너지장관 회의에서도 선진국과 개발도상국은 서로 기후변화의 책임과 대처방안의 선택 및 비용 부담 등을 놓고 심각한 입장 차이를 드러냈다. 중국·인도·브라질·남아공·멕시코 등이 대표하는 개발도상국들은 산업혁명 이후 공업화에 앞서간 선진국들이 대기오염과 지구온난화의 주범이며 그러기에 선진국들이 이산화탄소 배출량을 획기적으로 감축하는 데 앞장서야 하고 환경기술 개발과 개발도상국의 노력을 지원하는 비용의 대부분을 감당할 의무가 있다는 주장을 폈다. 여전히 빈곤에 시달리는 개발도상국으로선 기후변화에 대한 대처보다는 빈곤 퇴치를 위해 지속적인 경제성장에 우선순위를 둘 수밖에 없다고도 호소했다. 그러나 선진국들은 개발도상국들이 동참하는 공동의 규제와 노력 없이는 기후변화에서 말미암은 재앙을 예방할 수 없으며 그의 일차적 피해자는 바로 빈곤한 나라들이 될 것이라고 경고하고 있다.

선진국이나 개발도상국 모두 인류가 처한 기후변화의 명백한 위기에 대해 공감은 하고 있지만 대처방안을 놓고는 이견과 대결을 피해 갈 수 없는 상황으로 내닫고 있다. 그 가운데서 한국의 위치는 어떠한가. 국내총생산으로 본 경제력은 세계 12위인 경제협력개발기구OECD 국가로 연간 이산화탄소 배출량은 세계 10위를 기록하고 있다. 1997년 선진국의 온난화가스 배출을 의무화한 〈교토의정서〉가 체결될 때에 한국은 다행히 '감축의무 미부담국'으로 분류됐다. 사실 지구온난화에 대한 여러 경고에 접하면서도, 또한 인접국의 대기오염에서 비롯되는 피해를 피부로 느끼면서도 그동안 우리가 국가 차원의 대책 마련에 소홀했던 것은 바로 감축의무 미부담국이란 위치가 준 의무감의 결여를 원인으로 들 수 있다.

그러나 2009년 말로 협상 종료를 목표하고 있는 포스트 2012, 즉 〈교토의정서〉 이후의 기후변화에 관한 새 국제체제 구축 과정에서는 우리도 선진국 대열에 서서 응분의 책임과 의무를 감당하겠다는 입장을 일찍부터 확정지어야 할 때이다. 이것은 자타가 공히 인정하는 상황의 논리를 따르는 것으로, 인류가 함께 처한 기후변화의 위협에 대처하는 데 우리가 더 이상 중간지대의 '샌드위치 코리아'가 아니며 규범과 실용 양면에서 선진화된 나라임을 보여 주겠다는 것이다. 이는 이웃과 세계에 대한 우리 민족의 자존심의 발로라 할 수 있다.

2008년 3월 24일

오바마와 자기쇄신의 경쟁 시대

제국의 쇠퇴나 멸망은 무엇보다도 자기 쇄신의 능력이 마비되는 데서 비롯된다. 로마제국의 멸망이 바로 대표적인 예의 하나다. 물론 전쟁에서 져 제국이 멸망한 경우도 적지 않았다. 히틀러가 이끌었던 독일 제3제국과 군국주의로 무장한 일본제국의 종말은 최근의 사례로 꼽을 수 있다. 그러나 이들 경우에도 체제의 과도한 경직화가 자기 쇄신의 능력을 말살함으로써 자초한 국가적 자살행위의 결말이었다고 볼 수 있다. 그러기에 오바마 상원의원의 미 대통령 당선이 갖는 역사적 의미가 무엇인가를 놓고 미국뿐 아니라 전 세계적으로 논의가 확산된 것은, 오바마 개인의 비범한 자질보다도 탈냉전 이후 유일 초강대국으로 사실상 제국의 위치를 차지했던 미국이 세계적으로 확산되던 우려를 뛰어넘으며 여전히 자기 쇄신의 능력을 유지하고 있음을 보여 주었기 때문이다.

오바마 스스로 당선 연설에서 밝혔듯이, 미국의 자기 쇄신 성공 여부는 그의 임기가 지나서야 알 수 있겠지만, 이번 선거 결과만 갖고도 일단 미국은 쇄신과 개혁의 역사적 기회를 포착하게 되었다.

이미 국제정치의 세력판도는 다극화多極化 시대로 진입했으며 그동안 미국의 지배적 영향력을 뒷받침해 온 경제적 우위도 이번 금융위기로 크게 흔들림으로써 오직 과감한 쇄신과 개혁만이 미국의 위신과 위치를 지켜 갈 수 있는 지름길임이 분명해졌다. 더욱이 당면한 미국의 위기는 미국에만 국한된 것이 아니며 이미 경제·사회·기술·문화 등 모든 면에서 급격한 세계화에 휩쓸리고 있는 모든 국가가 각기 경험할 수밖에 없는 역사적 전환기의 시련이라 할 수 있다. 따라서 오늘의 세계는 자기 쇄신 능력의 경쟁 시대로 돌입하고 있다. 쇄신의 능력과 결단이 있으면 살아남고 그렇지 못하면 도태될 수밖에 없는 냉혹한 경쟁의 시대가 도래한 것이다. 이러한 역사적 시점에 오바마를 선택한 미국은 일단 유리한 고지를 선점했다고 볼 수 있다.

특히 오바마 당선자는 과거 어느 때보다 유리한 고지에서 미국의 새로운 위상과 활력을 모색할 수 있게 되었다. 첫째는 다인종·다문화 사회가 지닌 분열과 갈등이란 약점을 오히려 다양성이 내포된 창의력과 사회적 동력이란 강점으로 전환시키는 대실험을 과감히 시도할 수 있게 된 것이다. 인종차별의 대표국으로 낙인찍혔던 미국이 오바마를 대통령으로 선출하면서 선진국이든 후진국이든 모두에게 자성의 기회를 갖게 하는 도덕적 우위를 점하게 되었다. 이는 곧 미국의 국제적 이미지 상승과 미국 국민의 조국에 대한 자존심의 고양으로 이어질 수 있다. 다인종·다문화 사회가 갖는 다양성을 융합한 애국심은 무서운 힘의 원천이 될 수 있다.

둘째로 언제부터인가 공허한 슬로건으로 들리기 시작한 자유, 평등, 인권, 복지와 같은 인류의 보편적 가치가 오바마의 등장과 함께 살아 숨쉬는 정책목표로서 다시 힘을 얻을 가능성이 커졌다. 냉철한 현실판단에 바탕을 둔 실용주의가 꿈과 이상으로 포장될 때 국가는 고도의 발전동력을 얻게 된다. 따라서 유토피아와 현실을 접목하는 정치실험에 도전한 오바마 시대의 미국과 우리가 각별한 동맹관계를 유지하려면 무엇보다 두 나라가 함께 추구하려는 공동의 가치에 대한 우리의 입장을 새롭게 정리하는 작업에서 출발할 필요가 있다. 무작정 오바마 정부의 인맥을 찾으려는 원시적 접근방법보다는 실용과 이념이란 두 날개로 함께 날 수 있는 지혜가 필요한 시점이다.

오바마의 등장은 미·북 관계를 변화시킬 가능성이 있고, 이는 우리가 지금껏 쌓아 온 남북 관계에도 획기적인 변화를 주지 않을까 하는 불안감과 우려로 나타나고 있다. 그러나 이 문제 역시 대북정책 추진의 기술적 또는 방법론적 측면을 강조하기에 앞서 오바마의 당선이 시사하는 역사적 필연성에 주목할 때 오히려 상황의 반전을 꾀할 수도 있을 것이다. 북한도 이번 기회에 자기 쇄신의 능력을 보인다면 미·북 관계는 개선의 궤도에 진입할 수 있을 것이며, 그것은 바로 한국의 통일정책과도 궤를 같이하는 것이다.

역사에는 예외가 없다. 남이나 북이나 자기 쇄신의 능력을 상실하는 체제에는 미래가 없다는 것을 인식할 때 한반도 평화와 통일을 촉진하는 새로운 계기로 오바마의 당선은 매우 환영할 만한 일이 아닐 수 없다.

2008년 11월 17일

인권선언 60주년과 위기극복의 원칙

　모레 12월 10일이면 세계인권선언 60주년을 맞게 된다. 인권에 대한 무지와 경멸이 인류의 양심을 짓밟았던 제2차 세계대전의 악몽이 채 가시지 않았던 1948년, 인류사회의 모든 구성원은 타고난 존엄성과 권리를 가지고 있으며 자유·정의·평화의 기초는 바로 이 사실을 인정하는 데 있다고 유엔UN은 선언했다. 전 세계를 휩쓸고 있는 경제위기 한파로 너나없이 어려운 상황에 놓이고 보니 새삼 인권선언에 담긴 보편적 규범의 중요성을 절감하게 된다. 지금과 같이 힘든 처지에 맞닥뜨렸을 때일수록 우리에게 가장 소중한 것은 인간, 특히 그 인간의 기본권리라는 평범한 진리를 간과해 버리는 잘못을 저지를까 걱정이 앞서기 때문이다. 그러기에 이번 위기극복의 필수요건은 단순히 시장의 유동성 회복을 넘어 인간의 존엄성을 보장하는 사회복지의 안전망 확보가 더 중요한 이슈임을 기억해야 한다.
　오늘의 난국은 위기인 동시에 전기轉機이다. 금융위기는 경제위기로, 경제위기는 사회위기로, 사회위기는 정치위기로 맞물려 이어지는 연쇄구조이기에 세계적인 위기 극복을 위해서는 역사적 전환기에 걸맞은 총체적 노력이 필요한 것이다. 요즈음 새로운 국제질서 구축을 위한 협의가 광범위하게 시작된 것도 이러한 역사적 전환기의 과제를 반영하고 있다. '변화'를 기치로 내세운 오바마 의원의 대통령 당선이 바로 이러한 전환의 논리에 순응하는 미국 국민의 현명한 선택이라 하겠다. 세계사의 주류에서 멀리 떨어진 변방의 시련을 혹독히 경험했던 우리로선 이러한 위기 극복의 과정을 세계의 중심 무대로 진출하는 전기로 삼는 지혜와 결단이 요구되는 시점이다.

이렇듯 위기를 발전의 전기로 삼으려면 국내문제 해결을 위한 통상적인 노력에 더해 새 국제질서 창출에도 적극 참여해 인권의 중요성에 유념하는 일관성 있는 모습을 보여야 할 것이다. 예컨대 인류의 미래를 위협하는 기후변화의 문제, 특히 이산화탄소 배출량을 규제하는 국제협약의 체결 과정에서도 우리는 과거보다 훨씬 전향적인 자세를 취해야 한다. 오바마 당선인의 제일성第一聲도 "경제위기가 기후변화에 대한 대처를 머뭇거리게 하는 일은 절대로 없을 것이다"라는 약속이었다. 인류의 건강을 좌우하는 환경문제는 바로 인권 수호와 직결돼 있다. 2012년이면 효력이 끊어지는 교토협약을 대체할 새 국제협약을 준비하기 위해 반기문 유엔 사무총장이 앞장선 국제적 노력에 우리도 더 적극적으로 동참해야만 한다.

시장의 세계화와 인구의 대이동으로 21세기는 다문화·다종교·다인종의 새로운 공동체가 정착되는 시대로 접어들었다. 유럽의 최대 항구도시인 네덜란드의 로테르담은 시민의 46퍼센트가 이민자들로 이루어져 있으며 14세에 모로코로부터 건너온 이민자가 오바마의 당선보다 며칠 앞서 새 시장으로 선출됐다. 인권 존중의 보편적 원칙에 충실하며 다양성을 창조적으로 조합할 때 공동체가 번영할 수 있다는 것을 실증하고 있는 본보기라 하겠다. 단일민족만을 내세우며 다문화 사회에 대한 어떤 준비도 없이 지역감정만으로 정치의 대세를 가늠하는 우리로서는 자성이 시급한 대목이 아닐 수 없다.

건국 60주년과 인권선언 60주년을 동시에 맞는 우리 민족에게 남아 있는 최대 과제는 물론 분단 극복과 통일로 전진이다. 요즈음 개성공단 문제 등 남북 관계의 긴장이 다시 고조되는 듯싶어 경제위기 못지않은 불안을 더하고 있다. 지금은 남이건 북이건 서로의 어려움을 가중시키는, 특히 국민의 복지를 파탄으로 이끄는 집단적 어리석음(愚)이 용납되는 평안한 시대가 아님을 지도자들은 직시해야만 한다. 모두가 변화할 수밖에 없는 이 시기에 한반도만을 세계사의 예외지대로 남겨둘 수는 없다. 인간을, 즉 민족구성원 모두의 인권과 복지를 우선하는 〈민족공동체 통일방안〉의 기본정신을 재인식, 재강조해야 할 시점이다. 세계는, 더욱이 우리는 북한의 '변화의 결단'을 기다리고 있다. 지난 10여 년 남북 간의 대화와 협력을 강조하며 북한과 신뢰를 쌓아 온 진보인사들이 통일운동 차원에서 우호적인 설득에 앞장서 주기를 기대해 본다.

2008년 12월 8일

주는 것이 받는 것보다 어려운 개발원조

우리 대한민국의 위상이 세계무대에서 날로 상승하고 있다는 뉴스에 국민들의 자긍심도 한층 높아가고 있다. 88서울올림픽과 2002 월드컵이 우리의 산업화와 민주화를 상징하는 축전이었다면 내년 11월 서울에서 개최될 주요 20개국G20 정상회의는 한국이 세계 정치와 경제의 중심무대에 등장하고 있음을 알리는 것이다. 열흘 전 파리에서 열린 경제협력개발기구OECD의 개발원조위원회DAC에서는 한국이 세계 24번째 회원국이 됨으로써 광복 이후 줄곧 국제사회의 도움을 받았던 수원受援국에서 공여供與국으로 나라의 처지가 바뀌게 됐다. 한국이 진정한 선진국 클럽에 가입하게 됐다는 경제협력개발기구 사무총장의 축하를 들으면서도 '과연 우리가 선진국이 된 것인가'라는 일말의 불안감을 지워버릴 수 없는 것이 우리 국민의 솔직한 심정이라 하겠다. 그것은 우리의 선진화 행진의 탄력과 타당성을 못 믿어서가 아니라 이럴 때일수록 과도한 성취감이나 자축 분위기를 자제할 줄 아는 자중과 조심성이 요구되기 때문이다.

특히 경제발전 과정에서 우리보다 몇 걸음 뒤에서 따라오는 개발도상국에 대한 원조는 자칫 잘못하면 시기와 섭섭함과 규탄의 대상이 되어버릴 수도 있음을 명심해야 한다. 도움을 주고받는다는 것이 결코 쉬운 일이 아니라는 것은 인간관계에 못지않게 국가관계에서도 유의해야 되는 것이다. 함께 가난의 어려움을 나누던 처지에서 어느 날 누가 살림이 피어 부자들 자리 말석에 앉게 되었다고 '이제부터는 도움을 주겠다'며 호기를 부린다면 옛 친구들은 당연히 고마움의 눈빛보다는 규탄의 목소리를 높이려 할 것이다. 더구나 한국의 경우엔 개발원조회의 회원국 가운데서 공식개발원조의 규모가 아직은 최하위라는 사실도 잊지 말아야 한다. 그러기에 개발원조국 대열에 참여하게 된 바로 지금부터 국제협력과 지원에 대한 우리의 기본 철학과 자세, 목표, 전략, 조직 등 모든 것을 신중하게 가다듬어 나가야 하겠다.

며칠 전 '국제개발협력의 도전과 과제'를 주제로 서울에서 개최된 국제회의의 기조연설에서 한국과 오랜 인연을 가진 네팔 출신의 외교관이 너무나 솔직한 충고를 남기고 갔다. 유엔의 사무차장보와 유니세프의 사무차장을 역임했던 쿨 찬드라 가우탐Kul Chandra Gautam 씨는 오랫동안 개발도상국 여성과 아동의 복지 향상을 위한 국제적 노력에 앞장선 지도자로서 한국의 발전 과정도 각별한 관심을 갖고 지켜보아 온 친구다. 그는 한국이 국제원조를 받던 나라에서 주는 나라가 된 첫 번째 경우이기에 지금도 원조를 받아야 하는 개발도상국들의 한국에 대한 기대는 특별한 것임을 강조했다. 한때는 제국주의 세력들이었으며 지금은 개발원조국이 된 선진국들의 자세나 정책과는 질적으로 다른 새로운 원조모델을 한국이 보여 줄 것을 기대하고 있다는 것이다. 한국은 개도국을 동정sympathy하는 선진국이 아니라 그들과 애환의 정을 함께 나누는empathy 친구이기를 바란다는 것이다.

그렇다면 시작의 길목에 선 한국의 개발원조는 어떤 것들을 피해야 그들의 기대에 부응할 수 있을까. 아마도 가장 주의해야 할 것은 개발원조를 국력 과시의 수단으로 활용하는 전시행정의 병폐라 하겠다. 가우탐 씨는 우리의 아프가니스탄 부통령관저 건축을 한 예로 들었다. 공식적 개발원조와 선심성 선물은 반드시 구별돼야 한다는 것이다. 개발원조가 우리의 수출 증대나 자원 확보의 수단으로 보여서도 안 될 것이다. 다음으로는 개발원조 대상의 우선순위를 현명하게 선택하는 철학과 전략을 확립해 잡다한 원조 프로그램이 혼란스럽게 시도되지 않고 장기적 국가발전의 터전이 되는 기본 분야에 일관성 있게 집중되도록 하는 것이 중요하다. 우리 스스로의 발전 경험을 되돌아본다면 교육을 통한 인간개발에 우선순위를 두었던 것이 성공의 열쇠였음을 기억하고 이를 개발원조의 정책 결정에 응용할 수 있을 것이다.

요컨대 개발원조는 나라의 품위, 즉 국격을 국제사회에서 가장 잘 반영하는 분야임을 우리는 명심해야 한다. 주는 우리의 모양새보다도 받는 나라들에 얼마나 도움이 되는지를 먼저 생각하는 자세로 임해야 하겠다. 예부터 우리 민족이 지켜 온 겸손과 나눔과 너그러움의 미덕을 지구촌공동체 건설 과정에서도 지켜 가야 할 것이다. 국제사회는 지금 개발원조의 경쟁 시대를 넘어 공여국 사이의 공조는 물론, 공여국과 수원국이 원조의 우선순위와 집행전략을 함께 상의하며 결정하는 단계로 접어들고 있다. 우리도 열린 마음으로 선진국과 개발도상국을 건설적으로 연계하는 중개 역할을 자임하고 나설 때다. 개발원조위원회는 물론 주요 20개국 모임도 바로 이러한 우리의 공생 철학을 전파하는 마당이 되기를 바란다.

2009년 12월 7일

'아시아의 세기' 기다리며 중국에 거는 기대

21세기는 과연 '아시아의 세기'가 될 수 있을까. 이러한 문제를 제기할 수 있다는 것은 산업화 성공 이후 근대사의 중심축으로 군림했던 서양 중심의 시대로부터 서서히 동서양 간에 균형이 잡혀 가는 역사의 새로운 장章이 열리고 있음을 뜻하는 것이다. 이렇듯 세계사의 전개 과정에서 동양, 특히 동아시아의 비중이 지난 20여 년 동안 급격히 상승한 것은 무엇보다도 중국 경제의 약진이 가져다준 결과다. 중국은 '국민총생산 세계 2위, 수출 1위, 외환보유액 1위'라는 고지를 차지하며 국제정치와 경제의 세력판도를 바꿔 나가는 주역으로 부상했다.

아시아의 위치가 세계의 향방을 결정하는 이처럼 중요한 시점에 과연 우리 아시아인들은 어떠한 자세로 임해야 할 것인가. 과거사에서 비롯된 앙금이나 적대감, 근대화의 후발 지역이 지닐 법한 열등감이나 반사적 우월감을 자제하고 인류가 평화와 번영을 함께 나누는 이웃을 만드는 데 앞장서는 동양의 지혜와 도량을 보여야 한다는 것이 정답일 것이다.

지구촌이 하나의 이웃이 돼 가고 있는 21세기 초에 인류가 당면하고 있는 긴박한 공동의 과제는 무엇인가. 첫째, 세계경제를 침체로 몰아넣은 금융위기를 극복하면서 국제정치와 경제를 더 효율적으로 운영할 수 있는 새로운 체제를 만드는 작업이다. 둘째, 인류의 안전과 복지를 위협하고 있는 기후변화와 환경, 그리고 에너지 문제에 대한 공동의 대처방안을 마련하는 것이다. 셋째, 인류를 파멸시킬 수 있는 핵무기의 감축 및 폐기를 통한 핵 없는 세상을 만들어가는 것이다. 지구촌의 운명을 좌우하는 이러한 일련의 과제들을 풀어가는 데 아시아, 특히 중국의 역할이 결정적으로 중요하다는 것은 날로 분명해지고 있다.

제2차 세계대전 직후 출범한 국제통화기금IMF 중심의 브레턴 우즈 체제와 이의 운영방향을 조율해 온 G7 협의체의 시급한 개혁과 보완이 필요하다는 공감대가 확산되면서 출범한 G20의 성공도 중국의 적극적 참여를 전제하고 있다. 한편 지난해 말 코펜하겐 유엔기후총회의 실망스러운 결과도 결국 중국을 비롯한 발전도상국과 선진국 사이에 가로놓인 상황 인식과 우선순위의 간격에서 비롯된 것이기에 그러한 간격을 좁히는 중국의 건설적 리더십에 기대를 걸지 않을 수 없다.

하지만 오늘의 시점에서 국제사회 공론公論의 초점은 무엇보다도 핵무기의 감축·불확산·폐기에 맞춰져 있다. 지난주 워싱턴에서 열린 핵안보정상회의가 그러한 국제여론을 반영하고 있다. 오바마 미국 대통령이 취임 초 프라하 연설에서 약속한 핵무기 없는 세계로 진전을 실현코자 이달 초 메드베데프 러시아 대통령과 프라하에서 핵무기감축협정에 조인한 것도 비핵화를 갈망하는 지구촌의 압력에 대한 긍정적인 반응인 셈이다. 우크라이나가 2012년까지 자신들이 보유한 고농축우라늄HEU 전량을 폐기하겠다고 선언하고 캐나다와 멕시코도 이에 동참하며 비핵화 행진에 박차를 가하고 있다. 이와 같은 국제사회의 비핵화 노력은 다음 달로 예정된 핵확산금지조약NPT 평가회의로 이어지게 된다.

또한 오늘 히로시마에서는 20여 명의 동서양 전직 정부 수반들이 모여 65년 전 경험했던 핵무기의 가공할 파괴력에 대해 재삼 상기할 것을 지구촌에 호소하고 있다. 히로시마와 나가사키는 핵폭탄의 피해를 직접 입었던 곳으로 수많은 일본인과 상당수의 한국인이 희생되었다는 사실을 국제사회는 물론 동아시아의 이웃들은 늘 기억해야 할 것이다.

동아시아의 비핵화 노력은 중국이 선도하지 않으면 성공할 수 없다. 중동의 핵무기 경쟁이나 서남아시아에서 인도-파키스탄의 경쟁도 우려되지만 동아시아의 모든 국가와 시민들은 우선 핵의 위협으로부터 자유로운 아시아를 진심으로 바라고 있다. 그런 가운데 아세안 10개국과 한·중·일 세 나라는 동아시아에서 중국이 유일한 핵무기 국가로 존립하는 현상을 예외 없이 받아들이고 있다.

중국은 이러한 이웃 국가들의 입장과 궤를 같이해 동아시아에서 또 다른 핵보유국의 출현은 절대로 받아들일 수 없다는 입장을 확고히 함으로써 동아시아의 평화와 번영을 유지하는 데 결정적 기여를 할 수 있을 것이다. 1970년대 냉전의 판도를 바꾼 미국과의 국교정상화 결정이나 20년 뒤 개방과 본격적 시장경제 전환으로 경제대국을 이룬 선택에 버금가는 역사적 결단과 선도적 역할을 아시아는 다시 한번 중국에 기대하고 있는 것이다. 그것은 '아시아의 세기'의 문을 여는 역사적 결단으로 기록될 것이다.

2010년 4월 19일

G20 정상회의 의장국의 영예와 부담

올림픽과 월드컵을 성공적으로 치러낸 한국인에게는 지구촌의 향방을 좌우하는 G20(주요 20개국) 정상회의가 서울에서 열린다는 것이 놀랄 만한 뉴스로 다가오지 않을지 모른다. 그러나 어둡고 힘들었던 지난 1백 년의 민족사를 돌아볼 때 두 달 앞으로 다가온 서울 G20 정상회의는 생각할수록 우리에게 남다른 감격을 안기고 있다.

1907년 헤이그 평화회의에 특사로 갔던 이준 열사는 회의장 입장을 거절당한 채 분사憤死하였다. 그로부터 수십 년 동안 얼마나 많은 국제회의와 열강의 뒷거래가 우리 민족의 운명을 멋대로 재단하였던가. 경술국치 100년과 6·25 전쟁 60주년을 맞는 바로 올해에 대한민국이 의장국으로서 서울 G20 정상회의를 주재하게 된 것은 국민 모두가 자축할 수 있는 영예이며 경사임에 틀림없다.

하지만 G20의 출범은 세계사가 겪고 있는 전환기의 격동과 3년째로 접어든 국제적 금융위기의 직접적 산물임을 잊어서는 안 된다. 미국의 심장부 월가Wall st.로부터 시작된 금융대란이 순식간에 세계

경제를 불황의 격랑 속으로 삼켜 버리면서 유일 초강대국 시대의 막이 내리고 있음을 알리었다. 선진 7개국, 즉 G7만으로는 전 세계를 휩쓰는 경제위기를 극복할 수 없다는 것, 이미 정치와 경제에서 새로운 강대국으로 부상하고 있는 중국, 인도, 브라질 등을 포함한 새로운 세력판도를 반영하는 협의체가 시급히 필요하다는 자명한 결론과 광범위한 국제여론에 힘입어 주요 20개국 정상회의가 출범하게 된 것이다.

그 20개국에 우리 한국이 포함된 것은 산업화와 민주화의 성공에 대한 국제적 평가를 반영하는 당연한 결과라고도 할 수 있으나, 그보다는 한국이 지닌 잠재적 힘과 가능성을 오바마를 비롯한 세계의 지도자들이 감지하기 시작한 결과라고 볼 수 있다. 그렇기에 한국이 의장국이 된 서울 G20 정상회의는 그러한 국제사회에서 우리의 잠재적 역할을 얼마나 성공적으로 구현할 수 있느냐 하는 시험의 장場이 될 것이다.

우리가 준비하고 주재하는 G20 서울회의는 두 개의 역사적 과제를 처리해야 한다. 첫째, 세계경제가 당면한 불황, 침체, 파탄의 위기를 극복하려 그동안 네 번의 정상회의를 거쳐 합의한 일련의 공동 대처 방안을 최종 확정하고 이의 집행 절차도 결정하는 것이다. G20의 위상이나 정체성의 확보는 무엇보다 먼저 당면한 경제위기를 얼마나 신속하고 효율적으로 극복하느냐에 달렸으므로 서울회의는 그에 대한 첫 시험인 셈이다. 의장국으로서 국제경제의 기득권 세력이라 할 수 있는 G7 국가들과 중국, 인도를 비롯한 신흥세력 사이의 입장 차이를 조율하고, 국제 금융기구와 그 관행의 획기적 개혁을 주도한다는 것이 결코 수월치 않음을 감안할 때 교량 역할을 자처하

126

고 있는 한국의 책무는 여간 막중한 것이 아니다.

둘째, G20이 과연 세계를 대표할 수 있느냐 하는 대표성의 논란도 적절히 처리되어야만 정상회의의 정체성이 확보될 수 있다. G20에 포함되지 않은 172개 국가들과 수많은 국제기구들의 입장을 어떻게 서울회의로 연계시킬 수 있느냐 하는 것은 참으로 어려운 과제다. 우리 정부는 G20 담당 대사를 임명하는 등 비非G20 국가들과 국제기구들의 의견을 수렴하는 데 진력하고 있지만 대표성을 포함한 여러 차원에서 국가 간 불평등 문제는 갈수록 심각성을 더하여 가리라 예상된다.

한편, 대표성의 문제에 못지않게 G20에 대한 비판적 국제여론의 초점은 후진 지역 또는 발전도상국의 사회 및 경제발전에 대한 진지한 배려가 부족하다는 데 맞추어져 있다. 바로 이러한 비판은 비非 G7 국가로서는 처음으로 G20 의장국을 맡은 한국에 대한 발전도상국들의 기대로 이어지면서 우리의 어깨를 짓누르는 큰 부담이 되고 있다.

우리는 그동안 선진국 대열에 합류하겠다는 일념으로 국가적 총력을 기울여 온 나머지 후진국들의 경제발전엔 응분의 관심을 쏟지 못하였던 것이 사실이다. 그러한 한국을 수많은 발전도상국들과 국제단체들이 지구촌의 공정한 발전의 기수旗手로 추대하겠다는 분위기를 조성하고 있는 것이다. 한국은 경제성장뿐 아니라 인간개발을 포함한 복지사회 건설 등 여러 면에서 발전의 모범이라는 과대평가가 G20 의장국이란 위상과 겹쳐져 국제사회에서 널리 통념화되고 있다. 한국이 주재하는 서울 G20 회의가 후진국 발전의 새로운 계기가 될 것이란 국제사회의 기대는 이미 압력으로 작용하고 있다. 참으로 난감한 노릇이다. 그러나 우리 국민 모두가 함께 맞은 이 역사적 기회와 도전을 그냥 흘려보낼 수는 없다. 정말 남에게 모범이 되는 나라를 만들어 가기 위하여 공동체의 자성과 각오를 새롭게 해야되겠다.

2010년 9월 13일

3장

대통령 무책임제를 개혁하라

'권력의 함정'을 극복하라

곧 장마가 시작될 이번 여름은 어려운 선택의 계절이 될 것 같다. 특히 노무현 대통령에게는 피할 수 없는 선택의 시간이 다가오고 있다. 신당을 조직해 총선에서 승리하는 대통령이 될 것인가, 또는 국민적 합의로 전환기의 시련을 극복한 역사에 남을 대통령이 될 것인가. 그 어느 쪽에 무게를 실을지를 선택해야 할 시점에 온 것이다. 이미 노 대통령은 역사에서 평가받는 대통령이 되고 싶다는 본인의 바람을 토로한 바 있다. 그런 바람을 실현하려면 우리가 처한 지금의 이 시기가 참으로 대처하기 어려운 역사적 전환기라는 사실을 명확히 인식하는 데서부터 출발해야 한다.

첫째, 우리는 민주화 이후의 시대로 진입했다. 이른바 군사정권에 의한 권위주의 시대를 어렵사리 탈피한 지도 여러 해가 지났고, 민주화를 이끌었던 두 지도자가 차례로 청와대의 주인이 되었던 10년도 지나갔다. 이제 노 대통령이 이끌어 갈 5년은 민주화 이후의 한국 민주주의를 어떻게 제도화하느냐는 전환기적 과제와 씨름해야 되는 시기다.

오늘날 한국의 정당정치가 보여 주는 난맥상이나 여러 이익집단
이 물리적 행동으로 표출하는 의회 민주주의에 대한 불신은 바로 민
주화 이후의 한국 민주주의가 당면한 전환기적 진통을 반영하는 것
이다.

둘째, 한국이 근대화 이후의 정보사회로 진입한 지도 이미 여러
해가 지나갔다. 8년 전인 1995년 국민소득 1만 달러의 고지를 넘어
서면서, 그리고 선진국들의 모임이라는 경제협력개발기구OECD의
회원국이 되면서 '조국 근대화'의 기치 아래서 추진된 산업화 시대
는 막을 내렸다. 그러나 우리 사회의 노사관계나 복지제도가 산업화
이후 시대를 제대로 준비하지 못한 데서 오는 갖가지 전환기적 사회
갈등이 오늘날 도처에서 빚어지고 있다.

셋째, 동서 두 진영이 대결하던 냉전의 시대가 가고 미국이 유일
초강대국으로 등장한 국제정치의 전환기는 지금도 계속되고 있다.
소련의 해체, 동유럽의 해방, 중국의 개방과 시장경제로의 전환 등
냉전 이후의 세계 질서가 어떤 모양으로 형성되느냐는 전환기적 불
안은 당분간 지속될 것이다. 북한은 그런 역사적 전환에 적응하는
데 가장 뒤떨어진 상대로 한반도와 민족의 장래를 모색해야 할 우리
의 처지가 얼마나 고통스러운 것인지는 설명할 필요가 없다.

이처럼 우리는 산업화 이후, 민주화 이후, 냉전 이후의 역사적 전
환기에 살고 있으며 그 전환기가 내포한 갈등과 불안과 도전에 직면
하고 있다. 이러한 역사적 시련을 성공적으로 극복하려면 무엇보다
산업화 시대, 민주화 시대, 냉전 시대에 지녔던 이념·지표·상황인식
등을 과감히 수정하고 폐기해야 한다. 지난날의 소신과 꿈을 고집하

다 보면 독선과 아집으로 흘러갈 수 있다.

노무현 대통령은 민주화 이후의 한국 민주주의를 발전적으로 제도화하겠다는 국민과의 약속을 바탕으로 당선된 대통령이다. 이승만으로부터 김대중에 이르는 역대 대통령의 한계와 실패를 보아 온 국민은 민주국가를 안정적으로 운영하는 데는 인물보다도 제도가 중요하다는 것을 공감하지 않을 수 없었다. 그러기에 제왕적 대통령, 제왕적 정당총재의 관행을 타파하는 제도적 개혁, 특히 책임정치 구현을 위한 헌법 개정도 추진할 수 있다는 노 대통령의 약속에 국민은 적지 않은 기대를 걸었던 것이다.

노 대통령은 취임 초 외교활동을 통해 국제정치의 전환기에 적절히 대처하는 실용주의자임을 선보였다. 우리 경제를 2만 달러 시대로 도약시키기 위한 진통을 감내할 각오도 보이고 있다. 이제는 의회 민주주의의 활성화에 초점을 맞출 때가 왔다. 이 모든 노력의 성공은 광범위한 국민적 합의와 통합을 전제로 하며 이를 위한 대통령의 리더십을 국민은 불안한 마음으로 기다리고 있다.

소수의 지지 안에서 다수의 합의를 얻은 듯 착각하는 '권력의 함정', 역대 지도자들이 쉽게 빠져들던 그 함정을 노 대통령은 결코 잊어서는 안 될 것이다.

2003년 6월 23일

정수正手의 정치를 원한다

이른바 재신임 정국의 성격은 정치게임의 승패를 넘어 한국 민주주의의 위기로 이해돼야 한다. 한국의 대통령제를 '대통령 무책임제'라고 비판해 온 우리로서는 국정 혼선에 따른 국민 신임도의 급격한 하락과 대통령 주변 보좌진의 잇따른 부정의혹에 대한 책임을 통감하고 본인의 진퇴를 국민투표로 결정짓겠다는 노무현 대통령의 입장을 일단 긍정적으로 평가하지 않을 수 없다.

그러나 민주정치에서는 아무리 급한 상황일지라도 법과 제도에 따라 책임 있게 일을 대처해 나아갈 때만이 정당성을 확보할 수 있다. 대통령이 책임지겠다고 이야기해도 책임 있는 방법과 절차를 따를 때 무책임하다는 비판을 면할 수 있는 것이다. 따라서 노 대통령의 이번 선택은 대통령이 임의로 발의한 국민투표가 '대통령 임기 5년 단임제'를 못박은 대한민국 헌법조항에 우선할 수도 있다는 엉뚱한 발상으로 인식될 수밖에 없다.

우리 국민은 대통령에게서 '책임있고 절제된 권력행사'와 '강력하고 효율적인 국가운영'을 동시에 기대하고 있다. 과거 권위주의 체제에서 절대권력이 자아낸 갖가지 폐단을 수없이 겪었던 우리 국민은 현실적으로 더 책임있고 절제된 권력행사를 요구하고 있다. 한편 북한 핵 문제를 비롯해 경기 부양, 노사관계, 교육과 주택 문제 등 시급한 당면과제를 효율적으로 강력하게 처리해 가는 리더십을 요구하는 것도 국민의 당연한 권리다.

그러기에 이러한 국민의 복합적 욕구를 충족시킬 수 있는 리더십을 어떤 방법으로 창출할 수 있느냐가 바로 한국 민주주의가 겪고 있는 시험이며 시련인 것이다. 오늘의 어려운 상황을 단숨에 극복하고자 재신임을 묻는 국민투표라는 극단적 처방을 추진하기에 앞서 대통령은 국민의 욕구를 바르게 인식하고 상식과 순리에 바탕을 둔 교과서적인 정수正手에 따라 문제를 해결해 나가는 지혜를 모을 필요가 있다.

우선, 우리 헌법에서는 국가의 안정된 운영을 위해 대통령의 임기를 보장하되 권력의 절대화를 예방하고, 국민과 국회에 대한 책임을 보장하려 책임총리제를 두고 있다. 노 대통령은 국민투표로 국면전환을 꾀하기보다 책임총리제의 실행을 공약했던 1년 전을 생각하며 더 늦기 전에 제도화에 박차를 가해야 할 것이다. 한나라당 후보도 책임총리제를 공약한 바, 이를 정치개혁의 돌파구로 삼아 여야 합의 아래 단계적인 정치개혁을 추진하는 것이 순리일 것이다.

다른 한편, 우리 헌법은 대통령제가 절대권력이나 권력독점으로 흐르는 것을 막고자 삼권분립이라는 '견제와 균형'의 제도를 명시하고 있다. 그러나 역대 대통령들은 권력의 독점으로 행정부와 입법부 사이의 건설적인 견제와 균형 관계를 정립하는 데 실패했다. 노 대통령 또한 별다른 변화를 보이지 못한 채 재신임 국민투표라는 기발한 발상으로 오히려 정국을 냉각시키고 있을 뿐이다.

주말에 열렸던 대통령과 각 정당대표 사이의 연쇄회담이 서로를 불신의 족쇄에서 풀어 주고 행정부와 입법부 사이에 건전한 견제와 균형의 관계를 조성하는 계기가 되었기를 기대한다. 국민의 신임도를 높이는 데는 역시 국민의 대표인 국회와 건전한 균형관계를 유지하는 리더십의 발휘가 지름길이 될 수 있을 것이다.

강력하고 효율적인 국가운영을 위해서도 상식과 순리를 따르는 것이 성공의 비결이다. 현실적으로 국정운영의 효율이 떨어지고 혼선이 잦아지는 것은 대통령의 힘이 한계에 다다랐음을 뜻한다. 정치적 힘의 속성, 즉 권력을 혼자 움켜쥐려 하면 줄어들고 여럿이 나누어 행사하면 늘어나는 이치를 무시한 데서 오는 부정적인 결과다.

정치적 힘을 증폭시키는 최선의 길은 최고실력자와 더불어 국민의 신망과 전문가적 경륜이 높은 권력의 동반자를 키움으로써 생산성 높은 그룹운영의 체제를 갖추는 것이다. 중국의 장쩌민江澤民이란 최고실력자도 주룽지朱鎔基 총리라는 경제총수를 파트너로 확보했기에 정치력을 크게 보강할 수 있었고, 박정희 대통령도 신현확 총리, 남덕우 총리 등을 동반자로 키워 가면서 경제발전의 성과를 배가시킬 수 있었던 사실을 타산지석으로 삼아야 할 것이다.

지금 노 대통령이 국민투표로 풀어 가려는 한국 정치의 현실은 통합보다 분열로 이어질 위험이 크다. 아직도 뿌리가 약한 우리의 민주주의를 좀더 강하게 키우고자 인내와 포용을 최고의 덕목으로 삼는 대통령의 리더십이 아쉬운 때다.

2003년 10월 27일

대통령 무책임제를 개혁하라

온 국민이 정치인을 규탄하고 있다. 나라의 사정이 이처럼 혼란스럽고 경제가 계속 어려워지는 것도 궁극적으로는 정치인의 탓으로 돌리고 있다. 여덟 명의 현직 국회의원이 정치자금의 불법모금이나 유용 의혹으로 체포되고 대통령이 특별검사의 조사대상이 된 딱한 상황에서 정치인에 대한 국민의 불신이 극도에 이른 것이다. 올해 설 연휴는 즐거운 민족의 축제보다는 정치인에 대한 범국민적 규탄 대회가 되고 말 듯싶다.

그러니 우리에겐 스스로 물어 볼 수밖에 없는 의문들이 있다. 그동안 우리가 선택하고 믿어 왔던 한국의 정치인들은 보통 국민과는 다른, 나라와 이웃은 아랑곳하지 않고 본인들의 영화만을 추구하는 흉악한 집단들인가. 안정된 민주정치를 운영하는 외국의 정치인들과는 질적으로 판이한 부도덕하고 무책임한 사람들인가. 그렇다면 모든 정치인들이 지금까지의 활동 양식과 과오를 깊이 반성하고 크게 깨닫는다면 과연 우리 정치는 하루아침에 깨끗하고 생산적인 민주정치로 돌변할 수 있겠는가. 이러한 자문自問에 대한 우리의 대답은 부정적일 수밖에 없다. 우리 정치가 이 지경에 이른 것은 인간이 나빠서가 아니라 잘못된 정치의 틀, 즉 부적절한 제도 때문임을 이제 우리 모두가 인정해야 한다. 정치인에게만 돌을 던지기보다는 낙후된 정치의 틀을 과감히 바꿔 보는 국민적 결단을 내려야 할 때다.

생사결단을 단판승부로 내리는 대통령 선거는 무차별 난타식 총력전이 될 수밖에 없고 그 결과로 유지 운영되는 대통령 무책임제의 폐단이 얼마나 심각한 것인가를 우리는 이미 여러 해에 걸쳐 경험했다. 그러한 정치의 틀을 방치하면서 정치인의 허점만을 비판하는 것은 공염불일 수밖에 없음도 자명해졌다. 이제는 두 단계의 정치개혁을 지체 없이 실천에 옮겨야 할 시점이다. 첫째는 선거법, 정치자금법, 정당법을 획기적으로 개정하는 작업이고 둘째는 대통령 무책임제에 종지부를 찍는 내각제 개헌을 실현하는 일이다.

이미 국회에서는 의장의 주도 아래 4당의 합의로 선거법, 정치자금법, 정당법 개정을 위한 정치개혁특위를 구성했으며 자문기구로 위촉된 범국민정치개혁협의회가 학계의 연구 결과와 시민단체의 의견을 종합한 개혁안을 지난 연말에 제출한 바 있다. 국회는 빠른 속도로 이 개혁안을 바탕으로 한 법 개정을 단행하고 그에 의거해 4월 총선에 임하기를 바란다. 한편, 각 정당은 이러한 개혁을 바탕으로 선출되는 새 국회가 명실공히 의회민주주의의 중심이 되도록 내각제 개헌을 선거공약으로 내놓고 선거 직후 곧바로 개헌 작업에 착수해야 할 것이다.

이러한 2단계 정치개혁을 올해 안에 완결할 수 있도록 서둘러 추진하자는 데는 확실한 명분과 이유가 있다. 첫째, 한국 정치를 오늘과 같은 딱한 모양으로 더 방치할 수 없다는 광범위한 국민적 합의가 이미 조성됐으며 이를 거역하는 정당은 이번 총선에서 준엄한 국민의 심판을 받게 될 것이다. 둘째, 올해 안에 내각제 개헌을 완결해야만 제도적 변화에 대한 정치권의 적응기간을 확보할 수 있다. 반세기에 걸친 대통령제의 관행 속에서 자라난 대통령 지망생들이 모든 권력을 한 손에 쥐는 청와대로 입성하는 꿈을 접고 팀워크와 타협으로 정당을 이끄는 총리 후보로 변신하는 데는 3년 정도의 준비기간이 필요할 것이다. 셋째, 16대 대통령과 17대 국회의원의 임기가 거의 동시에 끝나는 2008년 초 내각제로 순조로운 이월을 보장하려면 올해가 개헌의 가장 적절한 시기라고 할 수 있다.

우리 헌정사의 맥락에서 본다면 내각제 개헌은 무책임한 새 실험이 아니라 원상으로 돌아가는 역사적 복원이라 할 수 있다. 4·19혁명의 결과로 출범한 장면 총리의 내각제 정부가 5·16군사혁명에 의해 그 짧은 실험의 막을 내릴 수밖에 없었던 것을 우리 국민은 기억하고 있다. 하지만 4·19 이후의 혼미한 정치정세가 군사혁명을 초래했다는 논리를 내세워 무작정 내각제를 불안정에 결부시키는 무지는 떨쳐 버려야 한다. 지난 40여 년 동안 많은 희생의 대가로 축적한 우리의 민주적 역량에 믿음을 두고 지금의 난국을 돌파할 국민적 결단을 내려야 할 것이다.

2004년 1월 19일

'역사의 희생자' 감싸는 정치

어떤 일이든 성공 뒤에는 그에 맞먹는 대가와 희생이 있게 마련이다. 대한민국 56년의 역사가 성공의 역사라면 그 뒤에는 참으로 많은 희생이 있었음을 상기해야 한다. 우리 사회는 그동안 그러한 희생과 아픔에 대해 얼마만큼의 대가를 치렀는가. 지금이 한국 사회의 역사적 전환기라면 바로 그렇듯 쌓인 한과 아픔을 풀어 주고 치유해야 할 고비가 아닐까.

대한민국의 역사는 성공과 성취의 역사라고 자부할 수 있다. 참으로 어려운 지정학적, 시대적 악조건 속에서 우리는 나라를 세웠고 조국의 독립과 자유를 지키는 데 성공하였다. 말할 수 없는 처참한 빈곤의 굴레를 벗고 30년이란 한 세대 안에 놀랄 만한 경제성장을 이룩하는 데도 성공하였다. 또한 깊이 뿌리 박힌 권위주의적 전통과 체제를 극복해 민주화를 쟁취하는 데도 성공하였다. 그러나 이러한 일련의 성공이 가져온 뒷면의 희생과 아픔에 대한 사회적 인식이나 국가적 대책은 과연 어떠하였는가. 성공에 공헌한 사람들에게는 포상과 혜택이 주어졌다지만 고통과 모멸감을 묵묵히 견뎌 낸 다수에 대한 정의는 끝내 실현되지 못한 채 오늘에 이르렀으며 그것이 우리에게 남겨진 숙제다.

　대한민국은 처음부터 냉전의 소용돌이 속에서 분단국으로 출발할 수밖에 없는 기구한 운명을 지니고 탄생하였다. 건국 과정에서부터 비롯된 치열한 내부 갈등은 급기야 한국전쟁이란 민족적 재앙으로 이어졌고, 급박한 상황에서 위기의식과 냉전의 이데올로기가 배합된 반공정책은 수많은 희생자를 내고 말았다. 월북자의 가족이나 친지를 비롯해 좌경左傾으로 조사받고 처벌된 사람은 물론 의심의 대상이 된 사람까지도 겪어야 했던 어려움은 쉽게 헤아릴 수 없을 것이다. 그러한 어려움을 경험한 사람과 그 가족의 수가 얼마나 되는지는 정확한 통계가 없지만 우리 인구의 상당수가 될 것이라고 추측하기는 어렵지 않다. 이들이 지닌 대한민국의 정통성에 대한 인식이 단순한 애국심보다는 훨씬 복잡하리라는 것은 미루어 짐작할 수 있다. 문제는 이들의 인식과 정서를 정상화할 공동체적 노력이 미흡하였다는 데 있다.

　산업화와 고도성장이란 성공의 이면에는 또 다른 희생이 뒤따르고 있었다. 전쟁의 폐허 속에서 상상조차 할 수 없었던 세계 12위의 경제대국, 경제협력개발기구OECD의 회원국이란 위치에 오른 것은 자타가 공인하는 성공임에 틀림없다. 그러나 그 성장 과정에서 얼마나 많은 노동자, 농민, 소시민들이 큰 고역을 치러야 했는가는 물론 산업화 과정에서 몰락한 계층이나 집단이 얼마나 되는지, 그들의 아픔이 어떤 것인지도 정확히 인지되지 않고 있다. 무엇보다 산업화에 따른 빈부격차와 상대적 빈곤감의 확대에 대해 공동체의 인식과 대처가 미비했던 것도 사실이다. 따라서 경제성장의 속도를 앞질러 대중적 불만이 더 빠른 속도로 확대 재생산되는 결과를 낳고 말았다.

우리의 민주화를 성공시키기 위해 또 얼마나 많은 희생을 치러야 했는가는 지난 4·15선거에서 한국 정치의 새 주역으로 등장한 많은 정치 신인이 생생하게 증언할 수 있을 것이다. 민주화가 민주주의의 안정된 제도화를 자동적으로 보장하지 못하는 오늘의 현실은 그들에게 좌절감과 분노를 안겨 주며 혁명적 충동을 자아낼 우려도 없지 않다.

지난 50여 년 우리나라가 걸어온 길을 되돌아보면 성공과 성취의 영광보다도 이를 위해 치러야 했던 희생과 대가의 무게가 훨씬 커지고 있었음을 실감하게 된다. 그동안 쌓여 있던 한과 불만과 의심과 서운함을 차분히 풀어갈 정치체제나 사회계약의 부재不在 속에서 국민은 불안할 수밖에 없다. 그러기에 이번 총선에 역사적 의의를 부과한다면, 그것은 우리 사회가 오랫동안 덮어두거나 외면하려 했던 '성공의 대가'에 대한 문제를 공개적으로 토론하고 그 해결책을 모색할 수 있는 단계에 이르렀다는 것이다. 이제는 의회민주주의에 새로운 활기를 불어넣어 진지한 대화를 통한 국민적 합의, 특히 대한민국의 정통성에 대한 국민적 확신을 굳히는 새 정치가 펼쳐지기를 기대해 본다.

2004년 5월 30일

정책 우선순위를 촉구하며

일의 우선순위를 명확히 선택하는 것이 인생이나 기업이나 국가경영의 성패를 좌우하는 필요조건임은 아무리 강조해도 지나치지 않다. 오늘의 한국 정치가 혼미하고 사회불안이 확산하는 것도 결국 국가적 과제의 우선순위가 불확실한 데서 비롯되고 있다. 무더위가 한풀 꺾이면서 여당을 비롯한 정치권에서도 국가정책의 우선순위에 대한 인식이 되살아나는 조짐이 보이기 시작한 것은 참으로 다행한 일이다.

어느 국가, 어느 정부든 간에 하고 싶은 일, 펼쳐야 할 정책, 추구해야 하는 목표는 많고 복잡하게 마련이다. 그 하나하나의 장단점과 타당성 여부를 놓고 열띤 토론과 논쟁을 벌이는 것은 민주정치의 당연한 모습이다. 그러나 개별 정책의 추진을 둘러싼 공방에 몰두한 나머지 여러 정책 사이의 우선순위를 명시하지 못하면 국가운영은 혼란에 빠지게 될 뿐이다. 오늘날 다수의 국민은 수도 이전이나 과거사 청산에 대해 그와 같은 정책이 나오게 된 배경을 나름대로 이해하고 있다. 그러나 그러한 정책들이 오늘의 상황에서 최우선 순위를 차지해야 하는가에 대하여는 심각한 회의를 품고 있는 것이 사실이다. 현실적으로 지금의 최우선 당면과제는 우리 국가와 국민의 생존과 직결된 불확실한 경제상황의 극복이라는 과제에 대해 이미 공감대가 형성되었으며, 따라서 이를 우회하려는 어떤 논리의 전개도 무책임한 술수로 치부될 뿐이다.

몇 개의 정책을 동시에 추진하려는 의지는 가능할지라도 그것이 정책들의 순위 결정에 우선할 수는 없다. 인생은 짧지만 나라와 민족의 운명은 길고 영원하다. 내가 못 다한 일은 다음 사람이 하면 되는 것이다. 많은 목표를 한꺼번에, 특히 한 임기 안에 달성하려는 과욕은 삼가는 것이 성공적 국가경영의 지혜다. 지금처럼 어수선한 시기에는 대다수 국민이 가장 시급하다고 생각하는 문제해결에 우선순위를 부여하고 국력을 집중시켜야 한다.

경제 문제에 최우선 순위를 두자는 것은 단순히 불황의 극복만을 처방하자는 것은 아니다. 곳곳에서 '살기가 어렵다' '장사가 안 된다' 'IMF사태 때보다 더 힘들다' 등 비명에 가까운 소리를 접하고 있다. 또한 엄청난 숫자의 신용불량자와 청년실업자가 경제적 어려움을 반영하고 있다. 이러한 국민적 고통을 덜어주는 구급책과 우리 경제를 탄탄한 성장궤도로 진입시키는 촉진정책이 무엇보다 우선하여 집행되는 것을 국민은 간절히 기다리고 있다. 하지만 단순히 불황의 극복에만 국정의 최우선 순위를 부여해 발등의 불을 끄는 조건반사적 반응을 촉구하는 것은 아니다. 그보다는 10년, 30년, 50년 뒤의 미래를 내다보며 조국과 민족의 생존과 발전을 담보하는 장기전략을 모색할 때 내려지는 결론과 처방을 기대하는 것이다. 미래에 대비한 생존전략이 모호할 때 우리는 불안해질 수밖에 없다.

앞으로 세계시장에서 국가 간 경쟁이 얼마나 치열할 것인가는 상상을 뛰어넘는다. 더욱이 중국이 최우선 순위를 두고 노력하는 고도 성장이 지속된다면 우리의 제조업 시대는 끝나고 산업공동화의 위기에 직면하게 될 것이다. 경제의 중심을 지식산업과 서비스산업으로 옮기는 것도 결코 간단한 일은 아니다. 인구 10억의 인도가 얼마나 빠른 속도로 서비스 분야에서 신장하고 있는지는 우리가 바로 눈앞에서 보고 있지 않는가. 한편 오랜 불황에서 빠져 나오는 제2의 경제대국 일본도 구조개혁과 기술발전에 힘입어 새로운 도약을 자신있게 기획하고 있다. 이런 틈바구니에서 어떻게 우리의 경쟁력을 향상시켜 국가적 생존을 담보할 수 있느냐가 곧 경제를 최우선 순위에 두어야 하는 자명한 상황의 논리다. 이렇듯 뻔한 선택을 눈앞에 두고도 정책의 우선순위를 둘러싼 혼선이 계속된다면 우리는 어두운 앞날을 자초하고 말 것이다.

한마디로 우리의 경제는 생존을 건 경쟁에 대비한 획기적인 체질개선을 늦출 수 없는 시점에 서 있다. 창의력과 두뇌의 경쟁으로 승부가 가려질 지식산업에 대비한 교육개혁도 지체없이 추진해야 한다. 이 모든 것을 확실히 추진하기 위해서는 넓은 의미의 경제 문제를 가장 앞세우는 정치적 결단이 선행돼야 하며 그러한 결단이야말로 국민의 폭넓은 호응을 얻게 될 것이다.

2004년 9월 13일

올해를 '대권大權' 추방의 해로

대권大權이란 시대착오적 용어를 우리 사회에서 추방하려면 올해가 가장 적절한 해가 아닐까. 그동안 우리 사회는 대통령 선거를 전후한 2년을 극심한 대권병病에 시달려 왔다. 대선을 치른 뒤 2년여는 선거에 얽매인 갖가지 악연과 한을 푸느라고 소동을 벌이고, 대선을 2년여 앞둔 시점부터는 대권병의 증세가 더 이상 참을 수 없이 터져 나오는 현상이 반복됐다. 그렇다면 대통령 임기 5년의 중간에 들어선 올해가 비교적 침착하게 대권병에 대한 진단과 처방을 내릴 수 있는 시점이라 하겠다.

민주주의가 일상화된 시민사회에서 아직도 대권이란 봉건적 표현이 거부 반응 없이 사용되고 있는 것은 우리만의 특이한 현상이다. "모든 권력은 국민으로부터 나온다"는 헌법 조문은 차치하고라도 각계 각층에서 날마다 분출되는 국민적 여론과 행동이 생활의 일부가 된 오늘의 한국에서 한 사람에게 모든 권력을 맡겨 버리는 대권 정치가 지속되고 있다는 것은 그대로 방치할 문제가 아니다. 지난

146

57년 동안 이승만으로부터 노무현에 이르며 고착된 청와대 중심의 국가 운영의 전통과 관행은 국민의 민주적 감각을 쉽게 마비시킬 수 있는 무서운 힘을 지녔음을 보여 주었다. 민주화 투쟁의 경력을 발판으로 당선된 대통령도 일단 취임 뒤에는 청와대의 전통과 관행에 얽매여 버리는 것을 속수무책으로 바라볼 수밖에 없었다. 결국 누구를 대통령으로 뽑느냐는 인물 선택보다는 이미 그 한계를 여지없이 드러낸 대권정치의 관행을 어떻게 개혁하느냐가 한국 정치의 당면 과제라 하겠다.

한국 민주주의의 획기적인 질적 개선을 꾀하기 위해서는 오늘의 한국 정치가 겪고 있는 대권병의 폐해를 정치문화와 구조의 차원에서 짚어 볼 필요가 있다. 우선 정치문화의 차원에서 볼 때, 많은 정치 지망생들이 목표 설정의 단계에서부터 혼선을 일으킬 수밖에 없는 것이 현실이다. 온 국민들 위에 홀로 우뚝 서서 나라를 대표하고 다스리겠다는 것인지, 많은 동지나 동료와 더불어 국가 운영의 책임을 맡아 보겠다는 것인지, 또는 두 가지를 함께하겠다는 것인지 그 목표가 늘 모호하다. 만약 국가 운영의 책임을 지고 당면 과제를 풀어 가는 데 공헌하겠다는 것이 정치 참여의 기본 목표라면 영국의 블레어 총리, 독일의 슈뢰더 총리, 일본의 고이즈미 총리 등이 안정된 민주정치 지도자의 모델이 될 수 있다. 그러나 대권병에 시달리는 한국의 정치문화에선 대통령의 지위를 봉건군주가 지녔던 보위寶位나 옥좌玉座의 연장으로 보려는 경향을 버리지 못하고 있다. 태조太祖 왕건王建 신드롬은 아직도 강력히 작용하고 있다. 대통령을 선거로 뽑는 왕으로 여기는 정치문화가 대권병을 조장하는 것이다.

우리 대권정치의 부정적 전통을 구조적 차원에서 단순화한다면

'대통령 무책임제'라는 것은 여러 번 지적한 바 있다. 스스로 책임을 지겠다고 공약을 하고 공언도 하지만 구체적으로 책임질 방법은 명시하지 못하고 있는 것이 우리의 현행 제도이며 관행이다. 책임질 수 없는 권한이 한 사람에게 집중되는 것은 누가 보아도 민주주의의 원리에 어긋나는 것이다. 이런 가운데 정국 운영이나 입법에 관한 일차적 책임을 정당, 특히 여당이 감당해야 한다는 생각은 더욱 혼란스러운 발상이다.

한국의 정당과 정치인, 특히 국회의원이 국민의 불신과 규탄의 대상이 되고 있는 것이 오늘의 현실이다. 그러나 실질적 권력이나 권한이 없는 정당에 책임만을 추궁하는 것은 순리가 아니다. 그들에게 정말 국정 운영의 책임을 묻겠다면 그들이 정치의 중심에 설 수 있는 의회민주주의의 틀을 마련해 주어야 한다. 최소한 정당의 권한이나 책임을 대통령과 유기적으로 연결시켜 나가는 제도적 구상이라도 시도되어야 할 것이다. 뿐만 아니라 때만 되면 대권정치라는 드라마에 매혹돼 이미 그 취약성과 한계성이 확연히 드러난 대통령 무책임제를 존속시키는 데 기여하는 국민의 무관심도 짚고 넘어가야 할 시점에 이르렀다.

그러기에 올해를 '대권 추방의 해'로 삼자는 것이다. 대권 지망생들은 일찌감치 '왕건'의 꿈을 버리고 시민재상市民宰相이 되겠다는 목표로 자세와 전략을 가다듬는 계기가 됐으면 한다. 이를 위해서는 헌법 개정에 관한 진지한 논의도 시작되어야 할 것이다.

-2005년 1월 14일

한국 민주화 '반보半步'의 지혜

　정치체제의 변화는 그 방향과 속도의 함수관계에 따라 민주화에 공헌할 수도, 파탄에 이를 수도 있다. 1987년 이래 진행되어 온 한국의 민주화 과정은 과연 방향과 속도의 차원에서 어떻게 평가되어야 할지 심각한 성찰을 필요로 하는 전환점에 와 있는 것 같다.

　국민의 불안과 답답함이 날로 쌓여 가는 가운데 국회 운영의 파행과 대통령–여당 관계의 혼선은 민주정치에 대한 국민의 신뢰와 기대를 원천적으로 희석시키고 있다. 이렇듯 어두운 상황에선 국가권력을 동원하여 단숨에 그 흐름을 반전시키려는 독재로의 향수가 작동할 가능성마저 걱정하게 된다. 그러기에 쉽게 깨질 수 있는 유리 항아리 같은 우리의 민주체제를 우파 권위주의와 좌파 모험주의의 망령으로부터 지켜 내기 위해서는 국민이 우리의 민주체제가 지닌 강점과 약점을 확실하게 점검해야 할 시점에 있다 하겠다.

　6월 항쟁과 6·29선언을 시발점으로 네 번의 대통령 선거를 거치며 오늘에 이른 한국의 민주화 과정은 권위주의 체제로부터 비교적 순탄하게 체제를 전환시킨 성공사례로 국제사회에서 꼽히고 있다. 그러한 긍정적 평가는 정치변화의 방향설정에서 국민적 합의가 쉽게 조성되었다는 인식에 바탕을 두고 있다. 우선 모든 국민이 과거로 회귀하기보다 미래로 향한 개혁을 희망하였다. 한편 오랜 권위주의 체제에서 민주체제로 전환하는 과정에서 남유럽이나 동유럽의 통례에서 보여 준 우로부터 좌로 이동하는 사회민주주의적 방향성이 한국의 경우에도 자연스럽게 수용되었다. 이렇듯 대다수 국민이 미래지향적, 개혁지향적 방향감각을 공유하였기에 한국식 타협의 정치는 지금까지 수많은 곡절을 겪으면서도 나름대로 민주화 과정을 이끌어 온 것이다.

한국의 민주화 과정이 비교적 높이 평가되는 것은 그 방향성 못지않게 뛰어난 속도조절의 힘으로 국민통합, 정확히는 분열 예방의 묘를 보여 왔기 때문이다. 네 번의 대통령 선거를 돌아보자. 1987년 대선에선 당연히 민주화 세력이 승리할 수 있었음에도 3김의 분열로 36.7퍼센트를 득표한 노태우 후보를 당선시킴으로써 급격한 체제 변화의 충격을 최소화하고 기존 세력의 집단적 소외를 예방하였다. 이와 달리 대통령 취임 뒤 두 달 만에 있었던 13대 총선에서 압도적인 여소야대 국회를 만들면서 민주화의 동력은 그대로 지탱되었다. 92년 대선을 통해 민주화운동의 기수 가운데 한 사람인 김영삼 후보가 당선됨으로써 한 발짝 좌로 가는 문민화를 실현했지만 이는 3당 합당이란 타협의 산물이었다. 97년 대선에서 김대중 후보의 당선으로 한국 정치의 좌향左向 행진이 지속되었지만 그의 승리는 'DJP 연합'이란 좌우 합작의 결과임을 잊어서는 안 된다. 2002년 대선의 결과는 보폭이 훨씬 큰 좌로의 이동을 가져왔지만 그 선거 과정에서 중요한 기폭제가 되었던 노무현-정몽준 합작도 단순한 해프닝으로만 치부해 버릴 수는 없다. 요컨대 한국 정치의 변화가 민주화 과정의 성공적 모형으로 보이는 것은 그 변화가 과속과 과격을 피하고 타협과 공론을 존중하며 반걸음씩 전진하는 '반보의 지혜'에 의존하였기 때문이다.

2007년 대선을 향하여 요동치기 시작한 한국 정치는 벌써 심상치 않은 증세를 나타내고 있다. 사학법, 북한 핵과 인권 등을 둘러싼 분열과 대결은 이미 위험수위를 넘어서고 있다. 이럴 때일수록 우리는 민주화 과정에서 습득한 평이한 교훈을 외면하지 말아야 한다. 우리 손으로 뽑았던 역대 대통령은 한 사람의 예외도 없이 소수의 대통령이었다. 오직 연립과 합작, 그리고 타협을 통해서만이 국가를 운영할 수 있고 국민 분열을 예방할 수 있었다. 그러기에 절대다수의 국민에게 지지받고 있다는 환상이나 역사에 길이 남을 인물이 되겠다는 유아독존 식의 망상은 지난날의 대통령이든, 오늘의 대통령이든, 내일의 대통령을 꿈꾸는 지망생들이든 반드시 경계해야 한다.

2007년 대선은 우리 정치의 향방이 좌左로의 행진을 가속화하는 계기, 그리고 우右로의 방향 전환 고비를 두고 국민적 선택을 기다리고 있다. 우리 국민은 어렵사리 키워 온 민주체제를 정치적 과격과 과속에 노출하는 우愚는 범하지 않을 것이다. 국민을 놀라게 하지 않는 '반보의 지혜'가 절실한 때다.

2006년 1월 16일

개헌 언제하면 좋을까

개헌 논의가 다시 시작되고 있다. 민주화에는 성공하고도 책임정
치의 제도화에는 실패하고 있는 것이 한국 정치의 현실이다. 민주당
후보로 당선된 대통령이 취임 직후 그 당을 떠나 새롭게 여당을 조
직했으니 누구에게 국정의 책임을 물어야 할지 국민은 어리둥절할
수밖에 없었다. 지난 며칠 〈사학법 개정안〉을 둘러싼 대통령과 여당
사이의 갈등은 어느 쪽이 국민에게 책임을 지겠다는 것인지 혼란스
럽기만 하다. 그러기에 한국의 권력구조는 '대통령 무無책임제'라는
진단이 설득력을 얻는 것이다.

이렇듯 한계가 드러난 우리 정치의 틀을 바로잡으려 헌법 개정이
논의되는 것은 너무도 당연하다. 다만 대통령 선거를 겨우 19개월여
남겨 놓은 시점에서 촉발되는 개헌 논의는 자칫 당리당략에 치우칠
위험이 적지 않기에 그동안 이를 뒤로 미루자는 신중론이 지배적이
었다. 그러나 근래 들어 국정의 효율성이 저하됨은 물론 민주적 대

표성과 책임성이 모호해지고 있다는 위기감이 고조되면서 그러한 신중론을 제치고 다시 개헌 논의가 시작되고 있다. 지난날 헌정의 전환기마다 토론의 장을 마련해 온 관훈클럽과 한국정치학회, 대화 아카데미가 헌법 개정을 주제로 한 모임을 잇달아 개최한 게 바로 그 신호이다.

1980년과 87년의 개헌 논의와 달리 이제는 민주 대 반민주란 이념 논쟁은 별다른 의의가 없다. 통일헌법, 영토조항, 경제조항 등은 심사숙고가 요구되지만 당장 국정의 효율적 운영이나 국민 통합과 직결되는 시급성을 띤 과제는 아니다. 그렇다면 결국 개헌 논의의 초점은 역시 권력구조의 문제로, 즉 현행 대통령제를 어떻게, 무엇으로 보완하거나 대치하느냐로 귀착될 수밖에 없다.

라스키H. Laski의 지적대로, 미국 대통령은 군주제의 국왕에게 부여된 역할과 내각제의 총리가 맡은 역할을 함께 수행해야 하는 이중성을 띠고 있다. 국가를 대표하고 국민을 통합하는 초당적 역할과 여야 정당 간 대결에서 여당을 지휘하는 역할을 동시에 할 수밖에 없다는 것이다. 우리의 대통령제도 비슷한 이중성을 안고 있다. 국가의 원수로서 초당적 자세를 강조하다 보면 정당과 연계된 민주적 대표성과 책임성이 약해지고, 반면 다수당의 총수로서 야당과 부닥치다 보면 국민 통합보다는 분열을 조장하는 결과를 낳기 쉽다. 그러기에 이러한 딜레마를 풀기 위한 내각제나 이원제로 개헌이 고려될 수 있지만, 46년 전 장면 정권의 쓰라린 경험이 내각제보다는 대통령제가 정치적 안정을 담보한다는 신화를 고착시킴으로써 진지한 고려의 대상이 되지 못하는 게 우리의 개헌 논의가 지닌 어쩔 수 없는 한계이다. 정당의 무책임성을 신랄하게 비판하면서도 책임 있는 정당이 성장할 수 있는 의회중심주의에 대해서는 지극히 회의적인 게 우리의 국민 정서이다.

그렇다면 한국 민주정치의 제도적 발전을 위한 헌법 개정은 어떤 수순으로 추진되는 것이 바람직한가.

첫째, 2008년 봄이면 17대 국회와 16대 대통령의 임기가 거의 동시에 끝나므로 이때가 선거의 시기를 일치시킬 수 있는 절호의 기회라는 데는 이미 광범위한 여론이 형성돼 있다. 따라서 17대 대통령의 임기는 4년 단임으로 한다는 단일조항의 개헌으로 이 문제는 가까운 시일 안에 일단락 지을 수 있다.

둘째, 2008년 4월에 선출되는 18대 국회를 개헌국회로 미리 정하고 각 정당과 의원후보들은 각기 그들의 개헌에 대한 입장을 공표해 국민의 선택을 받도록 한다. 1948년 5월에 선출한 제헌국회로부터 60년 만에 권력구조를 비롯한 제반사항에 대한 신중하고 철저한 검토와 개정작업을 책임있게 완수할 개헌국회의원을 선출하게 되는 것이다. 그리하여 18대 국회가 국민의 폭넓은 지지에 힘입어 권력구조를 포함한 포괄적 개헌작업을 성공적으로 끝마치고 나면 2012년부터 우리는 새로이 보완 개정된 대한민국 헌법을 바탕으로 하여 선진화된 민주국가를 더 효율적으로 운영할 수 있을 것이다. 이와 같은 두 단계의 개헌작업안에 대한 진지한 검토와 전향적 결단을 여야 모두에 기대한다.

2006년 5월 8일

새 공동체 이념이 필요하다

'강한 중도' '유연한 진보' 등 새로운 표제를 내세운 이념논쟁이 대통령까지 참여하여 활발히 전개되고 있음은 환영할 만한 일이 아닐 수 없다. 국가의 우선목표와 사회의 기본가치에 대한 깊은 사려와 체계적 검토 없이 표류하는 정치는 항상 혼란과 퇴화의 위기에 노출될 수밖에 없기 때문이다. 다만 대통령 선거를 앞둔 시점이기에 각자의 정치적 입지를 강화하거나 정당화하려는 의도에서 이념 조작이 시도된다면 이념의 공백보다 더 위험한 이념의 대혼란이 초래될 수도 있음을 경계해야만 한다.

정치이념에 대한 관심이 고조된 이번 기회에 '보수'와 '진보' 등 자주 사용되는 용어가 한국적 특수 상황에서 어떻게 이해되고 있으며 세계적 흐름과 달리 어떤 특성이 있는지 되짚어 보는 것은 한국의 정치 발전에 긍정적으로 기여할 것이다. 무엇보다 먼저 '보수'와 '진보'가 지닌 원초적 의미를 오해하거나 왜곡하는 관행을 바로잡아야 한다. 원래 'conserve'는 '보존保存' '보전保全' '보호保護'로 번역되어야 하며, 'conservative'는 자연보호처럼 국가나 사회의 기본가치와 틀을 보전하는 데 진력하겠다는 의미로서 구시대의 가치와 기존 이익을 무작정 수호하겠다는 수구守舊를 뜻하는 것은 아니었다. 즉 필요한 개혁에 대해 교조적으로 반대하는 입장이 아닌 것이다.

한편 '진보'란 시대의 변화와 사회적 개혁의 필요에 적극적으로 부응하는 진취적 개혁세력을 자처하는 입장으로서, 전통과 관행 및 기존의 제도를 통째로 부인하는 혁명세력은 결코 아니다. 블레어 총리가 이끄는 영국 노동당과 같은 사회민주주의 정당은 진보적이지만 혁명과는 정반대의 입장에 서 있다. 보수와 진보를 이처럼 온건한 이념집단으로 이해한다면 그들은 사생결단의 충돌보다 국민의 선택을 위하여 경쟁하는 건전한 맞수라고 할 수 있다. 그런데 왜 한국 정치에서는 보수와 진보를 표방하는 정치세력 사이의 극렬한 대결만이 일상화되고 있는가.

한국 정치이념의 기형화畸形化는 아마도 62년째로 접어든 남북 분단의 특수성과, 그러한 역경 속에서 추진된 민주화와 산업화가 이룬 성공 대가代價가 뒤섞여 빚어낸 결과인지도 모른다. '민족'을 지상至上 가치로 내세우는 민족주의는 대체로 보수 또는 우익의 이데올로기인 것이 통례이다. 사실 우리의 해방 정국이나 건국 초기에는 보수적 우파가 스스로를 '민족 진영'이라 일컫고 국제 공산주의 세력과 대결하였다. 그와 반대로 마르크스–레닌주의와 진보적 좌파를 가장 상징적으로 대표하는 것은 바로 '인터내셔널'과 붉은 깃발이었다. 그런데 언제부터인가 한국의 진보세력은 '우리끼리'의 배타적 민족주의를 지상가치로 채택하였고, 보수세력은 세계화의 물결에 적극적으로 편승하는 개방적 국제주의 정책을 주도하게 되었다. 남북 관

156

계에서도 마땅히 진보세력이 외쳐야 할 반핵, 반독재, 인권 옹호의 깃발이 보수세력의 손으로 넘어간 것도 한국 정치의 기형화를 확연히 반영하고 있다.

그러한 한국 정치의 기형화는 '통일'에 대한 일부 진보세력의 신앙적인 교조성에서 비롯되고 있다. 한국인은 누구나 통일을 원하고 있다는 평범한 사실을 외면하고 본인들만이 통일세력이고 그 밖에는 반통일세력이라고 규정하는 독선으로 '우리가 통일을 위하여 어떤 대가를 지불해야 할 것인가'에 대한 해답을 회피하는 잘못을 저지르고 있는 것이다. 대다수 국민에게는 통일은 중요한 목표이지만 평화와 자유를 희생할 수 없다는 것이 일반화된 합의다. 그러기에 독선과 독점을 넘어선 공동체의 이념이 개발되고 내실화되는 것이 시급하다 하겠다.

이른바 보수세력은 민주화 이후의 민주주의를 지탱할 공동체의 이념과 정책을 추진하는 데 무성의하였다는 비판을 면하기 어렵다. 민주화에는 성공했지만 권위주의 체제가 남긴 상처와 후유증은 어떻게 치유할 것이며 산업화가 수반하고 심화한 빈부격차는 어떻게 해결할 것이라는 청사진이 없는, 즉 공동체의 이념이 결여된 보수는 중도주의를 포함한 어떤 이념적 기교로도 나라의 밝은 미래를 보장하지 못할 것이다.

2007년 3월 5일

국내·국제·남북 관계의 3차 방정식

　유난스러운 폭우와 무더위에 시달렸던 우리 국민은 지난 한 달 동안 세 가지 큰 뉴스에 짓눌려 왔다. 첫째로 한나라당 대선 후보 경선과 여권의 이합집산 등 대선정국의 혼란이 연일 시끄러움을 더해 가며 불쾌지수를 높여 주었다. 둘째, 아프가니스탄에서의 인질 사태는 걱정과 안타까움만 더해 갈 뿐 속수무책인 듯싶어 집단적 무력감마저 느끼게 했다. 셋째, 확실한 의제도 결정되지 않은 채 남북 정상회담이 평양에서 열린다는 발표에 이어 엊그제 나온 회담 연기 소식에 국민은 헷갈릴 수밖에 없었다. 이렇듯 어지럽게 돌아가는 국내외 사태를 접할 때마다 우리는 객관적이고 종합적인 분석보다 각개의 사건에 대한 과도한 흥분이 본말을 전도하는 경향마저 보여 왔다. 이제는 국내정치·국제체제·남북 관계 등 세 차원에서 전환의 위기가 지닌 성격이 무엇인가를 정확히 진단하고 종합적 국가전략을 모색할 수 있는 3차 방정식의 사고 틀을 활용해 나가야 할 시점이다.

　오늘의 한국은 국민적 합의를 조성하고, 그를 바탕으로 선진화 전략을 추진해야 하는 중대한 고비에서 머뭇거리고 있다. 산업화와 민주화에 성공했지만 그 뒤에는 어디로 어떻게 나아갈 것인가에 대한 비전·전략·리더십·국민적 합의의 부재라는 위기에 직면하고 있는 것이다. 무엇보다도 우리의 정치제도와 문화는 소수를 대표하는 대통령에게 전권을 위임하는 '대통령 무책임제'의 한계를 한 치도 벗어나지 못하고 있다. 87년 체제의 출범 이후 36.7퍼센트의 득표로 당선한 노태우 대통령, 3당 합당으로 권좌에 오른 김영삼 대통령, DJP 연합으로 청와대의 주인이 된 김대중 대통령, 당선 직후 본인이 후보였던 여당을 탈당하고 20퍼센트 안팎의 지지도를 겨우 유지하고 있는 노무현 대통령 등 사실상 소수를 대표하는 대통령들이 국가를 경영해 왔다고 볼 수 있다. 이런 현상은 대외적으로 우리 국민의 민주주의 성숙도를 보여 주었다는 측면이 있으나 역사적 전환기의 능률적인 민주국가 운영을 위해서는 개선돼야 할 과제임에 틀림없다.

오늘의 세계는 동서냉전의 종결에서 비롯된 미국의 초강대국 시대가 막을 내리고 다원화를 향한 새 국제질서의 모색을 둘러싼 불안정과 혼란을 경험하고 있다. 전통적인 지정학적 세력 균형, 세계화된 시장경제 차원의 경쟁 판도, 문명 간의 충돌이란 측면을 외면할 수 없는 중동사태 등의 본질적 성격 변화는 모든 국가에 새로운 생존전략의 모색을 피할 수 없는 과제로 만들어 놓았다. 분단의 어려움 속에서 세계 13위의 경제를 이룩한 것은 우리의 자랑이지만, 과연 이에 걸맞은 대외적 관심을 갖고 국제사회에 참여해 왔는지 전혀 자신할 수 없는 것이 우리의 형편이다. 이번 아프가니스탄 인질 사태를 겪으면서 중동과 이슬람권에 대한 우리의 관심과 이해가 얼마나 제한적이고 안이했는가를 새삼 반성하지 않을 수 없다.

10월 초로 미뤄진 정상회담이 상징하는 남북 관계의 어려움은 '불균형의 위기'에서 비롯된다고 할 수 있다. 해가 갈수록 남북 간에는 여러 분야에서 불균형과 격차가 심해져 왔다. 그만큼 민족공동체 건설을 향한 미래는 불투명해졌고 통일비용도 늘어나고 있는 것이다. 더욱이 북의 핵무기 개발을 통한 새로운 불균형 창출의 시도는 통일 전망을 한층 어둡게 하고 있다. 이제 개방과 폐쇄로 대비되는 남북 간의 불균형이 위기의 근원이란 사실은 누구도 부인할 수 없게 되었다. 이런 어려움 속에서 만나는 것이기에 남북한이 서로 기본 예의는 지키되 '민족'을 내세우는 불필요한 이념적 수사에 의지하기보다는, 북한이 세계사와 민족사의 큰 흐름에 맞춰 과감한 방향 전환을 시도할 수 있도록 함께 고민하는 자리가 돼야 한다.

한국 사회는 국내·국제·남북문제 등 모든 차원에서 인간의 자유와 복지를 가장 중요하게 생각하는 가치관 위에 서 있는 공동체다. 그 원칙에 충실한 민주국가로 발전시키고, 모든 동포가 함께 잘살 수 있는 민족공동체 건설을 위해 노력하며, 인류 공동의 운명을 담보하는 전 지구적 노력에 적극 참여한다는 국민적 합의를 새롭게 다질 때다. 인류의 대행진에 우리도 앞줄에 서야 하지 않겠는가.

2007년 8월 20일

지금 대한민국의 건강 상태는?

대한민국의 건강 상태는 양호, 주의, 경고 가운데 과연 어디쯤 와 있을까. 분단된 남북을 평화협력의 동반자 관계로 이끌고, 격변하는 국제 역학관계 속에서 한민족의 안전과 미래를 담보하기 위해서는 우선 대한민국이 튼튼해야 한다. 그런데 오늘의 대한민국, 특히 그 정치의 건강 상태는 어떠한가. 국민통합보다 분열의 증후가 뚜렷하고 질서 있는 절차보다 이전투구의 혼전이 일상화되다 보니 정확한 진단이나 적절한 치료를 받지 못한 채 날로 그 병세가 무거워지고 있다. 이렇듯 상황이 심각한데도 대통령 선거를 70일 앞둔 한국 정치는 회복의 징후보다는 혼조 속에서 표류하고 있다. 한마디로 한국 민주정치의 일대 위기임에 틀림없다.

한국 정치 병폐의 큰 원인은 지도자와 정치인을 탓하기보다 잘못된 제도에서 찾아야 한다. 우리의 역대 대통령이나 오늘의 대통령 지망생들의 자질이 수준 미달이어서 한국 정치의 발목이 잡혀 있는 것은 아니다. 그들은 대체로 유능하고 나라 사랑에 앞장서는 인물들이다. 다른 민주국가의 정치인들보다 자격이 크게 모자란다고 평가할 이유도 없다. 그렇다면 한국 정치의 한계는 인물보다 제도에서 비롯된다는, 즉 지금의 제도로는 누가 나서도 획기적인 정치력의 반전을 기약하기 어렵다는 간단한 사실을 정치권과 국민이 바르게 인식해야 될 때다. 적절한 제도개혁 없이는 대선 결과에 관계없이 한국 정치의 혼돈은 지속될 수밖에 없다는 전망이다.

민주정치는 다수에 의한 통치와 소수의 권리 보장을 대원칙으로 하고 있다. 한국 정치는 민주화에 성공한 이후 소수의 권리 보장이란 차원에서는 상당한 발전을 이뤘다고 자부할 수 있지만, 다수에 의한 통치 면에선 심각한 한계를 드러내고 있다. 청와대로 권력이 집중되는 정치문화 속에서 잇달아 '소수 대통령'이 집권하는 일이 지속돼 왔다. 36.7퍼센트의 득표로 당선된 노태우, 정치이념과 지지세력을 달리하는 지도자의 편의적 합당이나 연합으로 집권한 김영삼(3당 합당), 김대중(DJP 연합), 노무현(후보 단일화) 대통령이 과연 다수에 의한 통치원칙을 실현할 수 있었는지 의문이다. 더욱이 현행 제도에서는 정치의 중심에 서 있는 대통령에게 아무리 큰 실책이 있다 하더라도, 또는 아무리 국민의 지지율이 형편없이 떨어진다 해도 스스로 사임이라는 극단적 방법 외엔 어떤 방법으로도 책임지울 수 없는 것이 그 한계다. 이렇듯 책임정치보다 '무책임정치'가 일상화된 것은 대통령의 인물이나 자질이 아니라 정치제도가 만들어 낸 결과인 것이다.

계절이 바뀌면 기온에 맞춰 옷을 갈아입어야 하듯 정치제도도 상황과 건강 상태의 변화에 따라 적절한 수정과 조정이 필요한 법이다. 오늘의 한국 정치가 처한 위기가 바로 그러한 조정을 필요로 하고 있다. 더욱이 내년은 대한민국 건국 및 헌법 제정 60주년을 맞는 해로 헌법 개정을 포함한 제도 개선을 논의하기에 적절한 시점이라 하겠다. 다만 한국 정치사에서 개헌 논의는 대단히 민감한 사안이었기에 대통령의 임기 말이나 선거를 앞두고 개헌 논의를 시작하는 것은 적절치 않으며 이미 국민적 합의도 조성돼 있는 상태다. 따라서 누가, 언제, 어떻게 개헌 논의를 제의하겠는가는 신중한 판단이 요구되는 일이다. 그렇다면 내년부터 국정을 이끌겠다는 대통령 후보나 정당들은 지금의 시점에서 어떤 입장을 취해야 될까.

일찍부터 국민에게 헌법 개정의 내용에 대한 구체적 입장이나 공약까지 제시할 필요는 없다. 먼저 헌법 개정에 임하는 절차나 일정에 대한 입장을 확고히, 분명하게 밝히는 것이 후보와 정당의 책임 있는 자세라 하겠다. 예컨대 내각제와 같은 권력 구조의 문제나 통일에 대비한 조정과 같은 민감하고 복잡한 사안을 제기하여 대선 정국의 혼란을 가중시키는 것은 피하는 것이 마땅하다. 오히려 대선 후 내년 총선 전에 각 정당은 개헌에 대한 구체적인 제안을 내놓고, 18대 국회 시작부터 개헌특위를 구성해 정치제도 조정을 매듭짓겠다는 입장을 대선 후보들과 여야가 한 가지로 국민에게 약속하는 것이 바람직할 것이다. 그리하면 바로 이번 대선이 책임정치를 구현하려는 획기적 제도 개선의 시발점이 될 수 있을 것이다.

2007년 10월 8일

5년 단임 대통령의 길

출범한 지 석 달, 아직 채 1백 일이 못 된 새 정부가 격랑에 시달리며 분투하고 있다. 과도한 국민적 기대와 집권자의 의욕이 뒤얽히며, 더구나 예기치 않던 악재들마저 겹쳐 정치적 위기에 직면하게 된 것이다. 아마도 정권의 출발점으로부터 고속으로 달려 나가고 싶었던 이명박 대통령의 생각도 어제오늘의 혼선을 자아내는 하나의 원인이 되었을지 모른다. 5년 단임제 대통령은 시작부터 서두를 수밖에 없는 것이 현실이다. 그러나 가까운 길일수록 돌아가라 했듯이, 서두르기에 앞서 먼저 정치의 원리를 생각하고 그 원리에 충실해야 될 것이다.

조선조 5백 년의 역사를 되돌아볼 때 큰 업적을 남긴 임금들은 예외없이 장기집권이란 이점을 갖고 있었다. 세종은 32년, 성종은 25년, 영조는 52년이나 재위하면서 국가운영의 제도화나 민족문화의 창달이란 혁혁한 업적을 남겼다. 박정희 대통령의 경우도 권위주의 체제를 18년이나 유지하였기 때문에 산업화를 성공적으로 이끄는

164

것이 가능하였다고 볼 수 있다. 따라서 5년 단임제만을 강력히 고집하는 한국의 실정에선 대통령이 너무 방대한 국정목표를 세우고 이를 임기 안에 달성하겠다고 추진하는 것은 지극히 비현실적이라 하지 않을 수 없다. 세종대왕 같은 큰 업적을 남긴 위대한 지도자로 역사에 남고 싶다는 욕심은 지금의 제도에서는 이루기 힘든 망상에 지나지 않는다.

그러기에 5년 단임이란 제약 속에서 국정을 운영해야 하는 대통령은 첫째, 정책의 우선순위를 과감하게 선별·조정해야만 한다. 임기 안에 실현할 수 있는 단기적 목표와, 다음 정부까지 연계해 달성해야 하는 장기적 목표로 나누어 조절하는 지혜가 있어야 한다. 둘째, 이미 지적한 대로 가능하다면 임기 초부터 빠르고 확실한 행보로 정책을 추진하는 것이 바람직하겠지만 그 과정에서 정치의 기본원리, 특히 권력의 균형적 운영의 중요성을 경시해서는 안 된다. 새로운 것이나 개혁적인 것 등 많은 정책을 집행하기 위해서는 국가권력의 지출이 급격히 증대할 수밖에 없다. 이와 달리 그런 권력지출에 상응하는 권력의 수입, 즉 국민의 지지가 없다면 국가는 권력의 적자운영을 감내할 수밖에 없고 그 적자의 폭이 급격히 커질 때는 심각한 정치 위기가 초래되는 것이다.

대통령 당선으로부터 취임에 이르는 준비기간 동안 대통령이나 인수위와 여당의 활동을 돌이켜보면, 거의 모든 노력이 새 정책의 개발, 개혁방안의 집행, 새 정부의 인사 등 권력지출에 집중되어 있었다. 이른바 진보세력 10년 집권의 국정운영 방식이나 방향을 크게 바꿔야 하는 새 정부로선 당연한 권력지출의 필요가 급증한 것이다. 문제는 그렇듯 급증한 권력지출을 뒷받침할 수 있는 국민적 지지,

즉 권력수입을 위한 정치적 비전이나 전략의 수립에 얼마나 충실하였느냐에 있다.

민주국가에서 가장 중요한 권력자원은 국민의 지지와 긍정적 여론의 추이로 이를 제도적으로 반영하는 길은 의회에서 다수 의석을 갖는 것이다. 이명박 정부는 출범한 지 44일 만에 18대 총선이 치러지는 상황에서 대선 승리의 여세를 국회의 다수당으로 연계시키며 안정된 권력수입 체제를 확보하는 절호의 기회를 맞았었다.

이명박 정부에 거는 국민의 기대는 심리적 상승작용과 더불어 대단히 부풀어 있었다. 느슨해진 한·미 관계를 탄탄한 동맹 관계로 복원하고, 남북 관계를 실용적 상호주의의 궤도로 이끌며, 경제성장의 동력을 다시 발동시켜 선진화로 나가는 국가운영의 획기적 전환을 이끄는 리더십과 정치력을 기대한 것이다. 사실 보수 대 진보란 측면에서 본다면, 이미 대선에서 5백만 표 차이로 압도적 승리를 안겨준 국민은 그에 상응하는 안정된 국회운영이 가능하도록 의석의 3분의 2에 해당하는 2백 석에 가까운 의원을 범보수 진영에서 선출하였다고 할 수 있다.

그럼에도 대통령과 정부여당이 급격한 인기 하락의 깊은 늪에 빠져 버린 것은 예상치 않았던 사건들이 겹친 불운도 있지만 거대한 범여권을 형성해 추스르는 정치적 리더십과 비전·전략의 빈곤에서 비롯되었음을 부인할 수 없다. 이제라도 정치의 원리를 깊이 생각하며 새로운 정치 활로를 모색하기를 기대해 본다.

2008년 5월 26일

민주정치의 원초적 딜레마

민주주의의 꿈이 불꽃처럼 타올랐던 6월을 우리는 잊을 수 없다. 그러나 언제부터인가 6월이 오면 우여곡절로 점철되어 온 한국 민주정치의 향방에 대해 막연한 불안에 휩싸이게 된다. 이번 6월에도 대한민국은 또 한 번의 큰 고비를 넘어가고 있다. 〈21년 만의 함성, 제2의 민주화〉란 일간지의 표제대로 지금 우리의 민주주의는 20년 만에 새로운 단계로 접어드는 진통을 겪고 있다.

'독재타도·호헌철폐'를 부르짖던 제1의 민주화 물결은 직선제 개헌과 자유선거를 통한 1987년 체제를 출범시키는 데 성공했다. 그러나 이번 '쇠고기 재협상'을 외치는 촛불의 물결은 한국이 이미 사이버 민주주의 시대에 진입했음을 극적으로 알려 주고 있다. 새롭게 활성화된 대중의 정치참여, 특히 거대한 집단행동을 통한 의사표시에 의해 통상적 정부 운영이나 정치 과정이 마비될 수 있음을 보여 준 것이다.

민심이 곧 천심이란 원칙은 이번 6월에도 다시 한번 확인되었다.

그러나 '제2의 민주화'는 과연 무엇을 의미하는가에 대해 쇠고기 정국에서 비롯된 상황의 논리를 재검토하면서 한국 정치의 발전 과정을 짚어 보는 기회로 삼아야겠다. 이를 위해서는 모든 국민, 즉 촛불집회에 참여한 국민들이나 대통령을 포함한 모든 공직자가 한가지로 나라와 국민의 이익을 추구하고 있다는 상호신뢰가 전제되어야 한다. 내가 상대방보다 더 애국자이며 민주주의의 신봉자라고 자처한다면, 그리고 상대방의 애국심이나 민주적 신념을 의심한다면 처음부터 민주주의 발전을 위한 대화는 불가능한 것이다. 이에 더해 이번 쇠고기 협상 과정에서 있었던 정부의 실수는 이미 대통령을 포함한 모두가 인정하고 있다는 사실을 잊지 말아야 한다. 따라서 문제의 진단보다는 이에 대해 국가 차원에서 어떻게 대처하는 것이 가장 현명한 첫인지 입장의 차이와 선택의 여지만 남아 있는 것이다.

촛불의 물결에 참여한 많은 국민이 주장하는 '재협상'은 한·미 간에 합의 서명된 사안을 일방적으로 폐기 또는 무효화하고 원점에서 새로 재협상을 시도하라는 것이다. 이에 대한 정부와 여당 측의 입장은 연령제한 없는 쇠고기 수입을 30개월 미만으로 제한하도록 보완 또는 추가 협상을 통해 사실상의 수정을 하겠다는 것이다. 이러한 두 갈림길 사이의 선택은 민주적 선거에서 당선된 대통령의 헌법적 의무와 직결되는 사안이며 동시에 대통령의 고민일 것이다.

대다수 국민의 바람, 즉 여론에 순응하려면 재협상을 결심해야 된다. 그러나 국가의 이익을 수호해야 하는 대통령의 헌법적 의무에 충실하려는 양심의 판단이 추가 협상 쪽으로 기운다면 어찌할 것인가. 과연 우리 국민들은 대통령이 본인의 양심적 판단에 어긋나더라도 국민 여론에 순종해야 한다고 명령하려는 것인가. 이것이 바로

'제2의 민주화'가 안고 있는 민주정치의 원초적 딜레마인 것이다. 그것은 곧바로 누가, 어떻게 국민을 대표해 중대 사안을 결정할 것이며 또 그 결과에 대한 책임을 질 것인지에 대한 헌법적, 규범적 문제를 제기하게 된다.

이러한 민주정치의 원초적 딜레마를 슬기롭게 우회하기 위해서는 '정치는 가능의 예술이다'라는 전제 아래 타협의 정치를 제도화할 필요가 있다. 국가 운영의 책임을 공유하는 의회와 정당정치의 안정된 운영이 요구되는 것이다. 그러나 이번 사태는, 국민들의 정치참여 능력은 인터넷의 활용으로 급격히 확충된 것에 견주어 정당과 의회정치는 파탄에 가까운 빈사 상태에 빠진 불균형을 그대로 노출하고 말았다. 이러한 불균형에서 말미암은 위험이 바로 제2의 민주화에 대한 위협임을 잊어서는 안 된다. 쇠고기 수입 재협상의 문제 해결도 한국 민주정치의 발전 과정 차원에서 생각해 보는 국민적 지혜가 그 어느 때보다 필요한 시점이다.

책임을 지려 한들 질 수 없는 '대통령 무책임제'의 폐단을 또 한 번 겪으면서 그동안 무작정 대통령제만을 선호해 왔던 우리 국민들은 이 기회에 개헌 공포증에서 벗어나 정치의 대표성, 책임성, 효율성을 어느 정도 가능케 하는 제도개혁에 동조할 수 있기를 기대해 본다. 사이버 시대의 활발한 정치 참여도 결국은 책임성의 기준을 존중할 때 진정한 민주화의 동력이 될 수 있음을 알아야겠다.

2008년 6월 16일

시험대에 오른 국가 위기관리 능력

9월 위기설을 비롯한 갖가지 위기설이 난무하다 보니 국민들의 불안감만 증폭될 뿐 정작 위기의 실체에 대한 인식은 무뎌지는 모순된 현상이 나타나고 있다. 한마디로 나라의 앞날에 대한 자신감과 방향감이 함께 흔들리고 있는 것이다. 개인이든 국가든 때로는 예기치 않은 심각한 위기에 처하곤 한다. 그럴 때 우리는 위기 자체에 대한 두려움보다도 위기에 대한 대처능력이 얼마큼 준비되어 있는지 먼저 가늠해 볼 필요가 있다.

지난 몇 주일 사이에 우리는 국가의 운명을 좌우할 수 있는 폭발력을 지닌 두 가지 큰 위기상황을 맞게 되었다. 첫째는 미국발 금융위기로 세계화된 금융시장의 중심인 미국의 금융체제가 연쇄 도산의 위기에 몰리면서 이미 세계시장의 일부가 된 한국시장도 피할 수 없이 그 소용돌이 속으로 끌려 들어가는 심각한 경제적 위기이다. 둘째는 북한의 김정일 국방위원장 와병설에 뒤따르는 불확실성의 위기로 그동안 북한의 고립정책으로 세계사의 예외지대가 되어 버린 한반도에서 마지막 분단국가가 겪어야 할 민족적 시련의 위기이다. 하지만 위기의 진원지가 뉴욕이든 평양이든, 또 한국의 세계화와 북한의 예외지대화란 특수성이 각기 어떻게 작용하든 간에 이러한 위기는 우리 대한민국의 위기관리 능력을 시험대에 올려놓았다.

과연 국가의 위기관리 능력이란 무엇인가. 위기의 성격과 내용을 정확히 진단하는 능력, 위기극복을 위한 적절한 대처 방안을 개발하는 능력, 특정한 대응전략을 선택하고 이를 효율적으로 집행하는 능력, 경우에 따라서는 동맹국이나 국제사회와 공동 대응체제를 조성하는 능력, 그리고 이 모든 것을 안정되고 일관성 있게 끌고 갈 수 있는 위기관리 시스템을 사전에 수립하고 운영하는 능력을 망라해 국가의 위기관리 능력이라 하겠다. 특히 민주국가에서 이 같은 높은 수준의 위기관리 능력을 견지하는 최대의 필요조건이 폭넓은 국민적 합의와 그에 바탕을 둔 강력한 리더십임을 유의하고 우리가 직면하고 있는 지금의 위기에 대처할 필요가 있다.

뉴욕발 금융위기의 성격이나 미국 정부의 대처에 대한 경제전문가들의 평가는 이미 수없이 내려졌다. 그렇다면 정치적 관점에서는 어떻게 평가될 것인가. 이번 금융위기는 통상적이 아닌 예외적인 심각성을 띠고 있기에 정부도 예외적인 대규모 구제책을 내놓지 않을 수 없었다는 부시 행정부의 초기 대처는 진단의 신속성과 처방의 과단성 모두 긍정적으로 평가할 수 있다. 그러나 대통령 선거가 겨우 몇 주 앞으로 다가온 예민한 시점임을 감안하더라도 의회의 동의를 얻는 데 우여곡절을 겪고 있는 것은 위기극복에 필요한 정치적 리더십이나 국민 합의에 한계를 노출한 셈이다. 이에 견주면 1990년대 초 스웨덴이 겪었던 경제위기, 즉 국내총생산GDP의 6퍼센트가 날아

가고 실직률이 3퍼센트에서 12퍼센트로 솟구치며 금융시장의 90퍼센트가 파산 상태에 빠져 버린 위기를 성공적으로 극복한 관건은 정부 대처의 신속성과 투명성에 더해 완벽한 여야 합의였다는 사실을 새삼 값진 교훈으로 되새겨 볼 필요가 있다.

미국발 금융위기는 우리도 실감하며 당면한 위기임에 견주어 평양발 불확실성의 위기는 잠재적 위기라 할 수 있다. 남북 관계는 그 자체가 상당한 위험을 안고 있기에 우리로선 가급적 말은 적게 하고 준비는 철저히 챙기는 것이 바람직한 자세라 하겠다. 그런 가운데 남한도 북한도 흐르는 역사 속에서 계속 변화할 수밖에 없는 것이다. 지난 60년 대한민국은 얼마나 많은 변화의 고비를 넘어왔는가. 계속되는 변화를 두려워만 하다가 오히려 위기를 불러들이는 것이 아니라 변화를 상황 타개의 기회로 삼는 위기관리 능력을 갖춘다면 오히려 평화와 통일로 향한 전진의 계기로 삼을 수도 있는 것이다.

문제의 핵심은 우리의 위기관리 능력에 대한 국민적 합의를 어떻게 모으느냐에 달려 있다. 우리가 반드시 지키고자 하는 가치는 무엇이며, 우리가 이룩하려는 민족공동체는 어떤 사회이며, 이를 위해 우리는 어떤 대가나 희생을 치를 각오가 있는지에 대한 국민적 합의를 이루는 것이 당면한 국가 위기관리의 초점이라 하겠다. 여야 지도자들이 함께 분발해야 될 국가적 위기가 바로 지금이다.

2008년 10월 6일

172

정치복원 위해 헌법문화 키우자

지금 온 국민이 당면하고 있는 가장 시급한 과제는 물론 경제위기의 극복이다. 그러나 시급한 경제위기를 넘어서려면 정치 파탄의 치유가 우선돼야겠다. 경제위기의 극복을 위한 정책, 전략, 집행 방법에 대한 국가적 선택은 궁극적으로는 경제적 선택이 아니라 정치적 선택이기 때문이다. 세계적 경제위기 속에서 이미 모든 국가는 생존과 적응의 무한경쟁에 돌입했다. 이들은 이 경쟁에서 승자로 살아남고자 유능한 리더십의 확보와 국민적 합의 도출을 통한 정치적 임전태세를 정비하는 데 전력투구하고 있다. 그렇다면 과연 우리의 실정은 어떠한가.

우리 정치에 대한, 특히 국회와 정당에 대한 국민의 평가와 감정이 어떠한가는 새삼스레 말할 필요가 없다. 한마디로 실망과 분노가 빠른 속도로 확산되고 있는 것이 현실이다. 이러한 정치 파탄은 단순히 경제위기 극복만을 어렵게 하는 것이 아니라 어렵사리 이룩한 우리의 민주정치 자체에 대한 국민의 회의와 절망으로 이어질 수 있는 매우 치명적인 위험을 안게 된다. 어찌하여 한국 정치는 이 지경까지 이르렀는가.

여러 번 지적했듯이 우리는 민주화에 성공하고도 그 이후 민주주의를 제도화하는 데 실패했다. 그런 실패가 만들어 낸 공백 속에서 권위주의에 맞섰던 정치투쟁만이 체질화된 관행으로 되풀이되고 있을 뿐 민주정치는 갈피를 잡지 못한 채 표류하고 있다. 이렇듯 암울한 상황을 돌파해 민주정치의 제도화를 궤도에 올리려면 우선적으로 여야 및 보혁의 대결구도 속에서 서로를 탓하는 것으로 일관해 온 지난날의 악습을 과감히 털어 버려야 한다. 그리고 국민 모두가 민주정치의 정상적인 발전을 희구하고 있음을 깨닫고 상호신뢰를 바탕으로 한국의 민주정치를 새로이 출발시키기 위한 국민적 공론公論의 장場을 마련해야겠다. 그러기에 우리는 국회에서 하루속히, 이르면 4월 국회에서부터라도 본격적인 헌법 논의가 시작되기를 거듭 촉구하는 것이다.

그동안 우리에게는 헌법은 있었지만 '헌법문화'는 없었다. 국민 대다수가 합의한 대한민국의 기본 가치와 목표, 그리고 국가 운영의 기본 절차와 규칙이 국민의 의식과 생활 속에서 충분히 체질화되지 못한 채 오늘에 이른 것이다. 이렇듯 헌법문화가 성숙되지 못한 상황이다 보니 대통령, 국회, 정당, 사회 및 시민단체, 심지어는 헌법재판소까지도 헌법에 충실치 못했다는 비판의 목소리를 듣게 되는 것이다. 이러한 헌법문화의 부재는 민주정치의 제도화를 원천적으로 어렵게 할 수밖에 없다. 그러기에 국회가 마련하는 공론의 마당에서는 다시 1948년 제헌, 1987년 개헌 때의 진지한 자세로 돌아가 지금의 첨예한 쟁점보다는 국가 경영의 원칙을 앞세워 모두가 함께 고민

174

하며 최선의 해답을 위해 지혜를 모아 보자는 것이다.

예컨대 우리 국회에서 보여 주는 심각한 결투 사태는 결국 다수결의 원칙과 여야 합의의 원칙 가운데 어느 것이 우선하는가에 대한 절차적 쟁점에서 비롯되고 있다. 이와 같은 대결의 구도를 뛰어넘어 구속력있는 법적 합의를 모색하기 위해서는 다수에 의한 통치와 소수의 권리 보장이라는 민주주의의 대원칙을 어떻게 이해할 것인가에 대한 논의가 우선돼야만 한다. 소수당과의 합의가 다수결의 원칙보다 우선한다는 것은 곧 소수의 거부권을 인정한다는 것이다.

이는 중대한 헌법적 선택으로 과연 그러한 선택은 안정된 민주정치에 기여하는지, 또 이에 따르는 대가는 무엇인지에 대해서도 진지한 논의가 있어야만 한다. 그래야만 시장의 자유와 국가 규제의 관계를 정의한 경제 조항, 시민적 자유의 확대와 국가 권력에 의한 제한 범위와 정당성을 규정한 기본권 조항, 양원제의 도입이나 통일헌법의 준비와도 연관될 수 있는 지방분권에 관한 조항 등을 둘러싼 헌법적 차원에서의 공론이 구체적 이해관계가 뒤섞인 쟁점 법안의 합리적인 심의와 타협 가능성을 높여 줄 수 있을 것이다.

이렇듯 국회가 주도하는 헌법 논의는 그동안 수라장이 됐던 입법 과정의 개선 및 정치권에 대한 신뢰 회복과 더불어 국민들의 정치의식, 특히 헌법문화의 창달에도 크게 기여할 것이다.

2009년 3월 9일

위기를 넘어 멀리 보는 정치경제학의 새 비전

　무섭게 불어쳤던 경제위기의 태풍은 큰 고비를 넘긴 것 같다는 안도감이 오히려 무책임한 안일함으로 이어지지는 않을까 걱정이다. 이번 경제위기는 통상적인 경기 침체나 불황이 아닌 국제질서와 세력 균형을 구조적으로 바꿔 놓을 수 있는 역사적 전환의 진통이기 때문이다. G20 정상회의에서는 위기 극복을 위한 국제적 공조 노력의 가닥이 잡혔다 하고, 한국을 포함한 주식시장은 활기를 되찾아 주가가 반등하고 있는 것은 반가운 소식이 아닐 수 없다. 하지만 이것이 위기 이전으로의 단순한 회복의 징조라고 오판하는 것은 경계해야 된다. 오히려 이번 위기의 극복 과정은 과거로의 회귀가 아닌 새 시대의 규범과 체제를 창출하게 될 역사적 기회라는 국제적 흐름에 관심을 기울여야 할 것이다.

　첫째로 이번 금융위기는 시장의 이윤 확대에 몰두한 나머지 공공이익을 보장하는 사회적 균형, 특히 중·저소득층을 위한 배분의 정의가 무시된 상황 안에서 벌어졌다. 그 때문에 새로운 위기 극복의 목표는 그와 같은 과거 상황으로 복귀가 아닌 더 넓은 사회정의의 실현으로 이어져야 한다. 런던 G20 정상회의 직전 '세계 경제위기의 정치적 파장'을 주제로 열렸던 민주국가 지도자들의 모임에서도 경제 파탄을 막기 위한 공공투자가 얼마나 사회정의의 실현을 가져올지, 특히 중산층과 저소득층에 대한 지원으로 어떻게 이어질 수 있을지에 대한 정책적 판단의 중요성이 강조됐다. 다른 한편, 국가재정을 동원한 시장개입이 설사 공공이익의 보호를 위한 부득이한 조치였더라도 궁극적으로는 국가채무의 증가로 지워진 국민의 부담은 어떻게 배분할 것인가 하는 어려운 정치적 선택에 직면하게 된다는 것이다. 우리의 정치권에서도 심사숙고해야 될 대목들이다.

둘째로 이번 경제위기는 시장과 국가 사이의 가장 바람직한 관계는 어떤 것인가 하는 원론적 문제를 다시 생각하게 했다. 시장의 파탄에 직면한 대부분의 국가는 공공이익의 보호를 위해 큰 저항 없이 적극적으로 시장에 개입했다. 그렇다면 과연 국가란 누구를 위해, 누가 운영하는, 누구의 것이란 말인가. 이에 대한 대답은 지금의 경제위기 극복을 위한 국가적 선택이 민주주의 발전에 기여하는지 또는 국가권력의 비대화를 초래하는지를 가늠해야 하는 과제와 직결돼 있다. 민주주의의 성공적 제도화에 기여하는 이상적인 국가와 시장의 관계를 처방하려면, 정치·경제적 구조 문제에 못지않게 인간 본성에 관한 철학적인 입장도 중요해진다. 그러기에 인간의 끊임없는 이윤 추구 욕망은 시장경제의 원동력이지만, 사회적 신뢰 없이는 시장의 존립과 발전이 불가능하다고 설파한 애덤 스미스의 견해는 아직도 많은 것을 우리에게 시사하고 있다. 사회적 신뢰를 바탕으로 한 시장과 국가의 순기능적 관계를 어떻게 제도화시켜야 되는지는 오늘날 경제위기 극복과 민주주의 발전을 연계시키는 관건으로 떠오르고 있다.

셋째로 이번 경제위기는 정치·경제 두 차원에서 국제질서를 새 시대에 맞도록 개혁할 절호의 기회를 제공했으며 그 과정에서 한·중·일 동북아 세 나라는 상당한 역할을 담당할 수 있게 됐다. 문명의 중심이 차츰 동쪽으로 이동하고 있다는 문명론적 담론은 차치하고라도, 세 나라가 보유한 달러의 규모가 세력 균형 재편 과정에서 동북아의 위상을 예고하고 있다. 다만 유럽도 아직 완전히 풀지 못하고 있는 과제, 즉 빠른 경제통합과 느린 정치통합 사이의 간격에서 비롯되는 문제들을 과연 동북아 세 나라가 얼마나 빠르고 슬기롭게 풀어갈 것인지는 아무도 장담할 수 없다.

경제위기 극복을 위해서는 무엇보다도 먼저 효율성 높은 경제적 해결책이 필요하다. 그러나 지구촌은 물론 아시아공동체, 그리고 한반도의 바람직한 미래를 개척하는 열쇠는 세 나라의 지도자와 국민의 현명한 정치적 선택에 달려 있을 뿐이다. 그러기에 우리는 위기를 넘어선 비전을 정치경제학의 새 장章에 기록하고 싶은 것이다.

2009년 4월 20일

제헌국회의 정신으로 돌아가자

62년 전 오늘, 1948년 5월 10일은 우리의 5천 년 역사에서 최초의 총선거가 치러졌던 날이다. 암울했던 근대사의 질곡에서 벗어나 독립국가 수립이란 민족의 소망을 실현시키며 민주국가의 첫걸음을 내디뎠다. 유엔은 한반도 전역에서 자유선거를 통한 독립국가와 정부를 수립한다고 결의했지만 소련과 김일성의 거부로 38선 이남에서만 선거가 치러졌다. 그럼에도 참으로 감격스러운 역사의 전진이었다. 그해 5·10 선거로 구성된 제헌국회는 대한민국 헌법을 제정하고 대통령과 부통령을 선출해 8월 15일 정부 수립을 선포하게 된다.

이렇듯 민주주의에 대한 국민의 소망을 모아 출범한 대한민국이지만 겨우 2년도 못 되어 중·소의 지원을 받은 북한의 남침으로 6·25 전쟁이란 국가 존망의 시련을 겪어야만 했다. 그로부터 60년, 우리는 얼마나 많은 내우외환內憂外患의 고비를 넘어왔는가. 요즈음 우리는 천안함 침몰이 가져온 국민적 위기의식과 불안감 속에서 대한민국이란 공동체를 지탱하는 기본 골조는 과연 얼마나 튼튼한가를 새로이 짚어 볼 수 있는 기회를 맞고 있다.

　국가의 위기 국면에서 우리나라는 과연 어떤 목표를 추구하며 어떤 상태에 있는가 하는 국가의 건전성을 재점검하는 것은 국가 존립과 발전의 필수조건임을 잊어서는 안 된다. 우리가 겪고 있는 안보 위협이나 경제위기에 효과적으로 대처하려면 무엇보다 국가의 역할이 가장 중요하다. 당장 우리가 당면하고 있는 것은 일차적으로는 국방과 경제의 위기라지만 궁극적으로는 국가의 정체성과 능력에 대한 시험이라 하겠다. 안보체제나 경제체제에 대한 점검도 꼭 필요하지만 한국의 민주정치에 대한 건강진단 없이는 국가의 추진동력을 보장받기 어렵다. 혹시라도 우리의 민주정치가 고질적이고 치명적인 지병의 상태가 아닌지 더 늦기 전에 정밀검사가 필요하다.

　요즈음 우리 공동체의 건강 상태를 살펴보면 곳곳에서 통합·화해·타협보다는 분열·갈등·파편화가 심화되는 징조를 보게 된다. 5천만 국민의 다양한 이해관계를 민주적으로 조정한다는 것이 얼마나 어려운가는 설명을 필요로 하지 않는다. 다만 국민 정서가 통합과 분열 사이에서 어느 쪽으로 움직이고 있는가 하는 민심의 추세는 냉철히 관찰돼야 한다. 김수환 추기경과 법정 스님을 떠나보내는 국민의 마음, 밴쿠버의 김연아 선수와 안나푸르나의 오은선 대장을 떠받친 국민의 성원은 분명히 통합의 동력을 보여 주었다. 이와 달리 적절한 조절이나 타협을 못 한 이념이나 지역, 계층 간의 갈등이 서로 반목하고 적대시하는 집단적 분열로 치닫는 병리현상을 곳곳에서 발견하게 된다. 절대로 방치해서는 안 될 위험한 증후다.

　공동체의 통합과 분열의 기로에서 누구보다도 선택의 열쇠와 책임을 갖고 있는 것은 정치권이다. 국민들 사이에서 분열의 증세가 나타나더라도 정치권이 통합의 의지와 행동을 확실히 보여 주면 대세는 위기 극복의 방향으로 나아갈 수 있다. 그러나 정치인들이 분열과 갈등을 앞장서서 선동한다면 그 사회와 국가의 몰락은 불 보듯 뻔한 일이 아닌가. 그러기에 오늘날 정치인에 대한 국민의 실망과 불신이 일상화되고 있는 현실을 더 이상 외면해서는 안 되겠다.

민주주의를 실현한다는 것, 민주정치를 효과적으로 운영한다는 것이 얼마나 어려운 것인가는 세계 곳곳에서 증명되고 있다. 근대 민주정치의 원조를 자처하는 영국에서도 양당정치로 운영되던 의회 중심체제가 3당 체제로 변형되는 혼란을 겪고 있다. 온 국민이 추앙하는 국왕이 정치 안정을 담보하는 듯싶었던 태국의 민주정치 실험이 붉은색과 노란색 셔츠로 편을 가른 대중의 가두대결로 파탄의 절벽 앞에서 신음하고 있다. 대의정치, 즉 의회가 정치의 중심에 서는 정치가 부진하면 강력한 지도자나 해결사를 기다리는 대중의 '독재에 대한 향수'가 어떤 형태로든 작동하게 된다. 결국 민주정치는 대표성과 책임성이 보장되는 대의정치가 건전하게 운영될 때만 원활하게 공동체를 이끌 수 있다는 결론을 재삼 강조할 수밖에 없다.

지방선거가 끝나는 대로 국회는 지체 없이 제헌국회의 정신을 계승하는 결단을 내려야 한다. 헌법을 크게 개정하지 않더라도 헌법적 차원에서, 즉 대한민국이란 공동체의 골격을 점검하는 차원에서 국민의 지혜를 모으고 정치권의 타협 능력을 발휘하기를 간절히 기다리게 된다. 새롭게 선출된 여야 원내대표를 비롯한 국회의원들이 제2의 건국이란 자세로 역사적 과업에 임하기를 바란다.

2010년 5월 10일

8월에 돌아보는 이념 분열 백 년

1백 년 전 일본에 나라를 강탈당했던 것도 8월이요, 35년 뒤 일제의 굴레에서 해방된 것도 8월이었다. 이와 같이 우리 민족이 경험했던 집단적인 굴욕감과 벅찬 감격을 동시에 되새겨 볼 수 있는 8월로 들어섰다. 그러나 지금 우리는 민족 통일이란 풀리지 않는 숙제에 묶인 채 그 어려운 숙제를 풀어 나가야 할 주체인 한국 사회의 분열증과 파편화의 심각성을 실감하고 있다.

우리 사회 내부의 분열은 지역·계층·세대·정당 등 여러 차원에서 그 원인을 찾아볼 수 있다. 그 가운데 가장 심각하고 지속적인 대결의 원인이라면 지난 한 세기에 걸쳐 심화된 이념의 분열을 꼽아야 할 것이다. 요즈음 탈脫이념을 내세우며 실용주의의 중요성을 강조하는 경향도 있지만 그것은 한국 사회가 겪고 있는 진통의 궁극적 원인을 덮어 버리는 우愚를 범할 뿐이다. 인간은 국가나 공동체를 생각할 때 우선적으로 보편적 기준을 찾게 되며 나라가 어려워질수록 그 규범적 기준에 구체적 의미를 부여하는 이념의 법칙을 잊어서는 안 되겠다.

수천 년 지켜온 민족의 독립과 518년을 유지한 조선왕조의 주권을 한꺼번에 상실한 충격 속에서 추진된 독립운동은 폐쇄성을 탈피하고 세계사의 흐름에 동참해야 되겠다는 각성과 더불어 '어떤 나라를 새롭게 만들어 갈 것인가'에 대한 선택의 작업이었다. 그것은 곧 새로운 정치이념의 선택인 동시에 새 정치체제의 모델을 찾는 일이었다. 프린스턴대 출신의 이승만 박사가 1919년 3·1운동에 이어 상하이上海에서 선포된 대한민국 임시정부의 대통령으로 추대된 것은 독립운동의 주류가 선택한 새 나라의 이념과 모델이 어떤 것인지를 극적으로 보여 줬다. 즉 국민의 자유로운 선거를 바탕으로 운영되는 민주주의와 서구 민주국가들이 바로 그 이념이며 모델이었다.

한편 1917년 레닌이 주도해 제정러시아 체제를 단숨에 붕괴시킨 볼셰비키혁명이 우리의 독립운동에서 중요한 또 하나의 이념과 체제의 모델로 등장했다. 노동계급에 의한 혁명과 독재를 주창한 마르크스-레닌주의와 공산당 독재체제를 구축한 소비에트연방이 새로운 모델로 민주국가 모델과 대치하게 된 것이다. 이러한 독립운동기 두 흐름의 대결은 제2차 세계대전 후 동서 냉전의 주역이 된 미국과 소련이 한반도에서 38선을 경계로 남과 북에 진주하게 되면서 남북 두 체제와 이념의 대결 구도로 오늘에 이르게 됐다.

해방 정국의 혼란으로부터 6·25 전쟁을 거쳐 천안함 사태에 이르기까지 남북한이 겪어 온 우여곡절은 쉽사리 정리하기 어려운 역사의 대하드라마였다. 다만 그 결과는, 특히 남과 북이 도달한 오늘의 실상은 선명하게 그들의 상대적 위치를 부각시키고 있다. 한국은 세계사의 주류에 합류하는 데 상당한 성공을 거뒀음을 자타가 공인하고 있다. 이와 달리 북한은 세계사의 흐름은 차치하고 러시아·중국·베트남 등 공산당이 통치하는 국가들의 변화 과정과 견줘 봐도 완벽한 유일 예외 체제로 남아 정치적 경직화는 물론 경제적 파탄으로 신음하고 있다. 독립운동기에 꿈꾸던 새 나라의 이념과 체제는 실종되고 왕조적 권력 구조와 군국주의적 통제 시스템으로 주민들의 복지 수준을 위험 수위에 매어 놓고 있다. 따라서 오늘의 한국 사회에서 북한 체제와 이념을 이상적인 모델로 생각하는 사람은 찾아보기 어렵게 됐다.

그렇다면 왜 한국 사회에서 이념적 분열의 밑바닥에 아직도 남북 대결이 중요한 변수로 작용하고 있는가. 그것은 과거사 속에서의 언행과 인연들에 얽매여 버릴 수 있는 인간의 속성과 지知적 경직성으로 말미암은 지성의 저속 운행이 역사 진전의 빠른 속도를 뒤따르지 못하고 있기 때문이라고 하겠다. 이러한 지적 경직성의 한계는 이른바 보수와 진보 양쪽에서 찾아볼 수 있다. 보수의 궁극적 목표가 인간과 민족사회의 기본 가치를 보전하는 데 있다면 북한 동포의 가장 기본적 인권, 즉 그들의 복지 수준을 향상시키는 데 보수가 누구보다 앞장서야 할 것이다. 이러한 공동체 규범의 실천 사례는 독일 통일의 경우에서 쉽게 찾아볼 수 있다. 진보의 경우 한반도의 특수성을 내세워 국제적 진보 진영의 보편적 원칙을 외면하는 당혹스러운 함정에서 하루속히 빠져나와야 한다. 그리고 인권 옹호·반독재·반핵이란 원칙을 확고히 천명해야 분배의 정의를 비롯한 진보적 목표에 무게를 실을 수 있을 것이다.

기성세대들이, 특히 교조화된 신념 안에 갇혀 있는 이념론자들이 자신들의 입장을 수정하기 어렵다면 적어도 젊은 세대들에게나마 그들이 추구하고 싶은 이념과 정치체제의 모델을 넓은 지구촌에서 자유롭게 선택할 수 있도록 권장하는 아량을 베풀어 주기를 기대해 본다.

2010년 8월 2일

4장

조선의, 대한민국의, 세계의 지도자

조선외교관 이한응의 순국殉國

올해 5월은 이역만리 런던에서 31세의 젊은 나이로 스스로 목숨을 끊어야 했던 이한응李漢應 선생의 예사롭지 않은 죽음이 100주기를 맞는 달이다. 억누를 수 없는 울분과 절망으로 저물어 가는 조국의 운명을 먼 임지에서 지켜봐야 했던 한 외교관이 선택했던 격조 있는 순국殉國은 오늘의 우리에게 역사와 국가와 인간을 다시 생각하게 만드는 귀중한 계기임에 틀림없다.

이한응 선생은 어떤 분인가. 1874년 경기도 용인에서 태어난 이 선생은 소년 시절에 이미 앞을 내다보며 15세 되던 해 서울로 올라와 관립 영어학교에 입학, 외국어를 학습하고 국제정세를 익히는 진취적 사고를 지니게 되었다.

20세에 과거에 합격해 성균관 진사가 되고 한성 부주사, 영어학교 교관 등 관직을 거쳤다. 20세기로 접어든 1901년 봄 주영국 공사관 3등 참사관 발령으로 공사公使 민영돈閔泳敦과 런던으로 부임했다. 1903년 민 공사가 귀국하면서 주영 서리공사로 임명되었고, 그 이듬해 우리의 외교권이 박탈당하고 스스로 자결할 때까지 대영제국과의 외교의 총책임을 맡게 되었다. 한마디로 이한응 공사는 개방화의 물결을 받아들이기 시작했던 조선조 말기 뛰어난 자질을 갖추고 국제무대에서 크게 두각을 나타낼 수 있었던 수재 외교관이었으나 풍전등화의 국가 위기에 맞서 나라와 함께 목숨을 거두어야 했던 비극적 인물이다.

이한응 공사가 어렵게 외교 활동을 펼치던 20세기 초는 바로 제국주의 시대의 마지막 단계로 아시아에서 유일하게 근대화에 성공한 일본이 군국주의 체제를 정비하고 제국주의적 식민지 쟁탈전에 뛰어들던 시기였다. 바로 그러한 일본 제국주의 침략의 최초 표적이 된 조선에선 약육강식의 힘의 논리가 지배하는 살벌한 국제환경에 적응하지 못한 채 수구파, 개혁파, 친러파, 친일파 등 사분오열되어 망국을 자초하는 형국이었다. 1904년 러일전쟁을 전후하여 강요당한 이른바 〈한일협약〉에 따라 독립 국가로서의 외교권을 사실상 포기하게 되니 재외 공관의 존속이 무의미해졌고 일본 공관으로 업무를 인계해야 되는 지경에 이르렀다. 1905년 러일전쟁에서 승리한 일본에 한반도를 좌지우지하는 우선권이 영국을 비롯한 국제사회의 묵인과 동의 속에 주어진 것은 이미 막을 수 없는 국제 세력판도의 추세를 반영하고 있었다.

외교권을 빼앗긴 외교관이 무슨 힘으로 침몰하는 조국을 구출할 수 있었겠는가. 이한응 공사는 일본의 한국 강점을 방조하는 영·일 동맹의 부당함을 연일 영국 정부와 조야에 지적하였으나 강대국 사이의 세력 흥정에 약소국의 호소는 끼어들 여지가 없었다. 이러한 절망적 상황에서 이한응 공사가 한 인간으로서, 그리고 나라를 대표하는 외교사절로서 최소한의 위엄을 지키며 최후의 항의를 역사에 남길 수 있는 선택은 무엇이었을까. 그는 순국을 결심하고 1905년 5월 12일 런던에서 이를 결행하였다.

> 오호라 나라의 주권이 없어지고, 사람의 평등이 없어졌으니, 모든 교섭에 치욕이 망극할 따름이다. 진실로 혈기를 가진 사람이라면 어찌 참고 견디리오. 나라가 장차 무너지고, 온 민족이 남의 노예가 되리라. 산다는 것은 욕만 더할 따름이다. 이 어찌 죽는 것보다 낫겠느냐.

이 짧은 그분의 유언은 장충단에 서 있는 순국기념비에 새겨져 있다. 불의에 굴하지 않고 스스로 죽음을 선택함으로써 인간의 자주성과 민족의 위엄을 지킨 그의 순국은 우리 국민 모두 잊지 말아야 할 큰 교훈으로 남아 있다. 다시는 열강의 각축전에서 희생의 제물이 되는 딱한 민족이 되지 않도록, 세계사의 흐름에 눈을 감는 아둔한 민족이 되지 않도록, 단결보다는 분열에 정력을 탕진하는 치졸한 민족이 되지 않도록 노력하여 이한응 선생과 우리의 선대들이 겪어야 했던 수모를 되풀이하지 않아야 할 것이다.

지난날 어려웠던 우리의 과거사에서 벌어진 잘못을 파헤치는 작업도 의미가 있다. 그러나 춥고 배고팠던 암울한 그 시기에 순국으로 겨레의 넋을 지킨 우리의 선열에 대한 추모와 감사를 우리 모두의 마음속에 새기는 일이 그보다 우선되어야 할 것이다. 이한응 선생 순국 100주기는 돌아오는 5월 12일이다.

2005년 5월 2일

세종과 '지혜'의 정치

정치와 정치인, 특히 지도자들에 대한 국민의 실망과 불신이 날로 깊어 가고 있다. 국민의 자유로운 투표로 정치 지도자를 뽑는 이 시대에 무작정 그들에 대한 비판과 야유로만 소일한다면 이는 누워서 침 뱉는 격이 될 수밖에 없다. 뒤늦게나마 국민과 지도자가 함께 우리 자신의 한계를 인정하고 반성하며 누구에게서 무엇을 배워 어떻게 고쳐 가야 할 것인가를 겸허히 모색하는 집단적 노력이 요청되는 시점이다.

우리에게 지금 가장 부족한 것은 무엇인가. 첫째는 지혜의 부족이며, 둘째는 국민적 합의의 부족이다. 지혜의 부족과 합의의 부족이 합쳐지면 나라는 위기에 봉착할 수밖에 없다.

우리에게 한글을 만들어 주시고, 과학과 문화를 활짝 꽃 피우게 하셨으며, 조선조 5백 년 경국치세經國治世의 기틀을 닦아 놓으신 세종대왕의 리더십은 바로 지혜를 모으고 뜻을 모으는 데 그 기반을 두었다는 것을 되새겨 보아야 할 것 같다. 세종은 무엇보다도 널리 지혜를 모으는 기초 작업에 국정의 우선순위를 부여했다. 지혜를 모은다는 것은 결국 지혜로운 사람을 모으는 것이다. 용기나 소신이나 의욕은 그런대로 중요한 덕목이지만 지혜를 대치할 수는 없다. 그러기에 세종은, 특히 그의 부왕父王 태종은 정권의 창건 과정에서 아무리 공이 많은 인물이라도 나라의 안정된 운영에 필요한 지혜가 모자라는 측근이라면 대거 권부로부터 잘라 버렸다는 이성무 교수의 설명은 시사하는 바 크다. 나라에 필요한 지혜로운 인재는 과거의 공적이나 인연에 얽매이지 말고 공정한 제도에 따라 새롭게 찾아내면 된다는 것이다. 세종 초기에 있었던 과거에 응시자가 10만 명이 넘었다는 것은 논공행상보다 지혜를 갖춘 새 인물을 공정한 제도에 따라 발굴하겠다는 정책이 실효성과 더불어 국민적 지지를 얻어 국가 발전의 계기를 만들었음을 보여 주는 것이다.

세종이 지혜로운 인재를 모으고자 만든 새 제도의 대표적인 예는 집현전이다. 어질고 지혜로운 선비들을 뽑아 연구와 토론에 필요한 지원과 대우를 아끼지 않으며 그들의 의견과 자문을 직접 국정에 반영시킨 이 제도는 누가 언제 모방해도 좋은 훌륭한 제도다. 지혜로운 사람을 소중히 모시기보다 오히려 멀리하는 권력은 결국 무지의 수렁으로 뒷걸음칠 수밖에 없기 때문이다. 다만 집현전과 같은 제도는 엘리트 중심의 국가 운영을 전제로 하기에 이를 민주적 대중화 시대에서 어떻게 소화하느냐 하는 것은 역시 지혜를 필요로 하는 시대적 과제다. 국가를, 특히 선진 국가를 성공적으로 운영하기 위해서는 최고의 엘리트 집단이 필요하다는 이치를 부인할 사람은 없다. 문제는 엘리트의 양성과 선발 과정에서 평등과 공정의 기준을 혼동하기 쉽다는 데 있다. 엘리트 충원 과정에서 공정성이 의심받게 되면 결국 반反엘리트적 평등주의를 촉발하고 지혜와 지혜로운 사람을 가볍게 여기는 생각이 만연할 수밖에 없다. 그러기에 공정한 인재 등용과 활용은 권력자의 임의적 판단보다는 절차의 제도화에 의존하는 것이 훨씬 바람직한 일이다.

세종은 과거의 제도화로 지혜로운 엘리트의 등용을 제도화했을 뿐 아니라 그 엘리트들이 독선에 흐르지 않고 숙의熟議와 경연經筵 등 공론公論을 거쳐 지혜를 모으는 정책결정 절차도 제도화하였다. 박현모 교수가 지적한 대로, 세종 시대에는 외교 문제를 포함한 중요 정책을 결정할 때 집현전 학사들의 전문적인 식견을 묻는 것은 물론이거니와 모든 관계 관료들의 충분한 논의를 필수 절차로 삼았다. 더욱이 정책에 대한 반대론자의 의견도 충분히 청취하고 토론하는 절차를 제도화한 것은 아무도 지혜를 독점할 수 없다는 원리를 반영한 것이다. 바로 국왕 자신이 독선과 독주로 흐를 위험을 예방하기 위하여 재상 중심의 정부 운영을 제도화하고 황희와 같은 지혜로운 재상을 오래 그 자리에 앉힌 것도 우리의 제도 개선에 좋은 지침이 될 수 있을 것이다.

언제부터인가 우리 정치에서는 '지혜'라는 말 자체를 듣기 어렵게 되었다. 지혜를 모으기 위한 토론의 문화가 사라진다면 살벌한 분열의 정치 풍토만 남게 된다. 며칠 전 한국학중앙연구원에 세종국가경영연구소가 설립된 것은 뒤늦게나마 다행한 일이다. 지도자나 국민은 세종대왕으로부터 배우겠다는 자세를 가다듬기 바란다.

2005년 6월 13일

이승만 박사의 젊은 시절

26일은 대한민국 초대 대통령 이승만 박사 131회 탄신일이었다. 예년과 다름없이 그를 추념하는 모임과 예배가 정동교회에서 있었으나 그의 파란만장한 생애를 되돌아보거나 기억하는 국민은 많지 않은 것이 현실이다. 우리 근대사의 가장 큰 인물 가운데 한 사람인 이 박사가 이처럼 잊혀지고 있는 것은 여간 안타까운 일이 아닐 수 없다. 더욱이 정부가 나서서 과거사에 대한 국민적 관심을 불러일으키는 데 노력을 기울이고 있는 지금, 대한민국 건국에 중추적 역할을 맡았던 이승만의 생애에 대한 균형 있는 재조명이 더욱 아쉽다.

인간의 일생을 시기적으로 나누어 생각할 때 이승만 박사의 90 평생(1875~1965)은 크게 청소년기, 독립운동기, 대한민국 초창기로 나누어 볼 수 있다. 독립운동기, 대한민국 초창기의 정치 역정과 관련된 부분은 상당한 논란의 대상이 되어 왔고, 이 시기 그의 업적은 사가史家들이 시간을 두고 평가하리라 믿는다.

지금 우리는 젊은이들의 문화가 대세를 이루는 시대에 살고 있다.

그러기에 이 기회에 우리 초대 대통령의 청소년기를 되돌아보는 것도 의미가 있다고 생각돼 이승만 연구의 대가인 유영익 교수의 저서《젊은 날의 이승만》을 참고로 몇 가지 흥미로운 사실을 짚어 보려고 한다.

대단히 총명했던 이승만은 서당에서 사서삼경 등 한학의 기초를 닦았지만 그의 나이 14세부터 과거제도가 폐지된 1894년까지 과거에 여러 번 응시했으나 번번이 낙방했다. 시험의 합격 여부가 그 사람의 능력이나 미래를 절대적으로 판정하는 것이 아님을 보여 주는 대목이다. 만약 그가 과거에 급제했더라면 그 자신이나 우리나라의 역사는 과연 어떻게 달라졌을까.

그는 20세란 늦은 나이에 미국 선교사가 세운 배재학당에 입학해 처음으로 영어를 배우고, 30세에 도미渡美해 겨우 5년여 만에 프린스턴 대학에서 박사학위를 취득했다. 요사이 유행처럼 떠나는 조기유학만이 성공의 필요조건이 아님을 일찍이 보여 준 셈이다.

배재학당에서 이미 세계사와 서양문물에 관한 기초지식을 쌓고 서재필이 주도한 독립협회에 가입했던 이승만은 졸업 직후 법치주의와 민주제도 확립을 위한 개혁운동, 민권운동, 대중운동의 선봉에서 맹렬한 활동을 펼쳤다. 이뿐만 아니라 최초의 일간지《매일신문》과 부녀자를 포함한 대중을 위해 한글로 발행된《제국신문》의 창간을 주도한 주필로서 언론의 선구자적 역할을 했다. 한편 만민공동회의 지도자로서 러시아의 부산 절영도絶影島 조차 반대를 위한 종로 대중집회와 공화정 실시 음모로 체포된 이상재 등의 석방을 요구하는 경무청 앞 철야농성을 주도하는 등 개혁운동의 투사로서도 두각을 나타냈다.

23세인 1898년 11월 초보적인 의회의 모양을 본뜬 중추원이 발족하며 이승만은 50명 의관議官의 한 사람으로 임명돼 조선조에서 얻은 유일한 관직에 취임했다. 그러나 종9품의 그 벼슬은 34일 만에 끝나고 말았다. 그는 고종의 폐위와 혁신내각 구성을 획책한 음모에 연루돼 경무청에 체포 수감됐고 혹독한 고문 뒤 목에는 무거운 칼을 쓰고 손발을 수갑과 족쇄에 묶인 채 사형집행을 기다리는 처지가 됐다. 다행히도 1899년 7월 그에게 종신형이 선고되고 이후 두 번의 특사로 형기가 10년으로 단축됐다가 1904년 러일전쟁 뒤 5년여 만에 석방됐다. 지금의 영풍문고 근처에 있던 종로감옥에서 29세까지 5년여의 수감생활을 하다가 이승만은 기독교로 개종했으며 특히 죄수들을 위한 옥중학교와 도서실을 개설하는 데도 앞장섰다.

　　《독립정신》 집필, 영한사전 편찬 등 바쁜 나날을 지내며 앞날에 대비하던 그는 감옥에서 나온 바로 이듬해, 약관 30세 청년의 몸으로 민영환의 지시에 따라 도미해 존 헤이John Hay 국무장관과 시어도어 루스벨트Theodore Roosevelt 대통령을 만나 일본에 대처하는 우리의 처지를 설명할 기회를 갖는 데 성공했다. 그의 청년기는 젊음, 지성, 애국심이 한데 어우러진 한 편의 드라마였으며 오늘날의 젊은이들에게 큰 뜻을 품을 수 있도록 시사하는 바가 크다 하겠다.

2006년 3월 27일

블레어 정권 10년의 교훈

인생무상人生無常이라면 정치무상은 더 말할 것도 없다. 세계 곳곳으로부터 들려오는 소리는 총리가 가고 대통령도 떠나며 이어 새 총리가 오고 새 대통령이 취임한다는 이야기들이다. 이처럼 변화무쌍한 정치무대에서 1막 1장씩 연출하는 정치 지도자의 역사적 위치는 지금이 아닌 후세에 가서야 자리 매김이 확실해질 것이다. 다만 물러나는 지도자의 치적이나 행적을 바로 뒤미처 되살펴 보는 것은, 같은 시대에 활동하고 있는 현역 정치인들 스스로가 자신의 위치와 자세를 검증해 볼 수 있는 좋은 기회로 삼기 위함이다. 비교적 성공적으로 10년 집권을 마감하면서 머지않아 정계를 떠나겠다고 선언한 토니 블레어 영국 총리가 바로 그러한 경우다.

첫째, 블레어가 이끈 영국은 지난 10년 동안에 괄목할 만한 경제성장을 이루는 데 성공하였다. 선진경제에서 보기 드문 3퍼센트의 성장을 거듭해 왔으며, 무엇보다 완전고용에 가까운 일자리 창출에 성공하였다. 영국을 방문하는 외국인들은 런던을 비롯한 중소도시의 건물이나 도로가 한결같이 깨끗해졌음을 곧바로 발견하게 된다. 런던 증권거래소가 뉴욕 증권거래소를 상장기업 수에서 앞지르게 된 것은 금융대국으로서 영국의 지위가 튼튼하다는 것을 보여 주는 것이다. 런던이 2012년 올림픽 개최도시로 선정된 것도 영국 경제의 호황을 반영하고 있다.

둘째, 이러한 영국 경제의 발전이 사회민주주의자인 블레어가 이끄는 노동당 집권기에 이루어졌음을 우리는 기억해야 한다. 한국에서는 블레어를 마치 보수당 총리인 듯 착각하는 경우도 없지 않으나 그것은 그가 구시대적 또는 고전적 사회주의의 틀로부터 과감히 탈피하여 정보화 시대에 걸맞은 새로운 노동당수로 거듭나는 데 성공하였음을 간과한 데서 말미암은 것이다. 사회정의라는 목표는 굳건히 지켜 가면서 이의 실현을 위한 방법과 정책은 새 시대의 요건에 부응하여 새롭게 개발해야 된다는 것이 블레어의 한결같은 입장이었다. 세제를 비롯한 정부의 규제에 의존하기보다는 인간의 창의성을 자유롭게 발휘하는 데 중점을 둔 새로운 사회와 경제정책의 추구가 사회민주주의의 나아갈 길이라는 것이다.

셋째, 좌와 우가 대립하는 이념의 시대는 지나갔고 개방과 폐쇄 사이의 선택만이 모든 국가가 당면한 오늘의 기본과제라고 블레어는 역설하면서 영국을 개방사회의 기수로 만들고자 노력하였다. 보호주의, 고립주의, 민족주의를 앞세우는 폐쇄사회는 역사의 흐름을 되돌릴 수 있다거나 불가피한 선택도 우회할 수 있다는 망상에 얽매여 속수무책으로 표류할 수밖에 없다는 것이 그의 진단이다. 이렇듯 개방과 폐쇄라는 기준으로 세상을 둘로 나눈 블레어의 입장은 상당한 설득력을 지녔음이 틀림없지만 이라크 전쟁을 비롯한 중동사태와 연계되어 심각한 부정적인 파장을 불러일으킨 것도 사실이다.

집권 10년에 걸친 많은 업적에도 불구하고 블레어 총리의 국민적 인기가 근년에 들어 계속 하락한 가장 큰 원인도 바로 이라크에서의 고전과 영·미 동맹관계, 특히 부시-블레어의 특별한 협조관계에 대한 부정적 반응의 확산에서 그 원인을 찾을 수 있다. 사실 제국주의 시대에 중동을 마음대로 요리하였던 영국이 그 축적된 경험과 지식을 묻어둔 채 이라크 전쟁과 같은 불확실한 모험에 동참하였다는 것은 이해하기 어려운 점도 없지 않다. 그러나 9·11사태의 충격 속에서 미국과의 특수한 동맹관계를 재확인해야 되는 상황적 긴박성과 폐쇄사회의 공격으로부터 개방사회를 지켜 가겠다는 규범적 사명감이 포개지면서 블레어는 나름대로 확실한 선택을 하게 된 것이다. 왕년의 대영제국이 누렸던 영광이나 국민의 자존심은 접어 두고 오늘의 영국이 초강대국 미국과의 특수 동맹관계를 유지하여 유럽의 안전과 평화를 담보하겠다는 블레어의 고심과 노력은 좀더 조심스럽게 평가되어야 할 것이다.

어쨌든 화무십일홍花無十日紅이라, 아무리 성공적인 지도자라도 집권 10년이면 물러날 때가 됨을 블레어 총리 스스로 보여 준 셈이 되었다. 그로부터 어떤 교훈을 얻느냐 하는 것은 물론 정치인 각자의 몫이리라.

2006년 10월 2일

이승만과 아데나워의 통찰력

월드컵 4강 신화가 남긴 큰 소득 가운데 하나는 온 국민이, 특히 이 땅의 젊은이들이 목청 높여 한 소리로 외친 "대~한민국"이란 함성이었다. 그 함성 속에는 우리의 조국에 대한 무한한 자존심이 짙게 배어 있음을 대한민국 국민이라면 누구나 느꼈을 것이다.

근래 들어, 그 대한민국을 출범시킴은 물론 북의 남침南侵을 막아내는 데 중추적 구실을 했던 건국 대통령 이승만 박사의 역사적 위치와 업적에 대한 관심이 높아지고 있다. 지금처럼 나라의 운명에 대한 위기의식이 팽배하고 있는 시점에서 국가 위기에 대처하는 지도자의 역할, 특히 대통령의 리더십에 대한 논의가 활발해지는 것은 당연하다. 지난 한 달 동안에도 '이승만과 아데나워'(명지대), '이승만, 박정희, 김대중의 국가관리 리더십'(연세대), '이승만과 독립운동'(서울역사박물관)을 주제로 한 학술회의가 잇달아 열렸다. 이는 난국 타개의 결정적 리더십을 제공했던 선인들의 업적을 역사의 거울로 삼아 오늘의 위기를 극복하는 지혜를 얻으려는 노력이라 하겠다.

국가 위기 이전, 즉 국가 부재 상황에서 새롭게 나라를 만들어야
하는 엄청난 역사적 과제를 떠맡았던 이승만과 아데나워(서독 초대
총리)의 리더십은 우리에게 특별한 교훈을 남기고 있다. 35년 동안의
일제식민지에서 풀려나자마자 미국과 소련에 의한 국토의 남북 분
단이란 최악의 상황에 직면한 이승만이나, 제2차 세계대전의 패전국
으로서 국토의 총체적 파괴와 연합국 점령 아래 동서분단이란 처참
한 시련을 겪어야 했던 아데나워, 그들은 처절한 역경 속에서 1948
년 대한민국을 탄생시켰고, 1949년 독일연방공화국을 출범시켰던
동서양의 정치적 영웅이었다.

이승만은 1875년생, 아데나워는 1876년생인 한 살 차이로 이승만
은 항일독립운동의 지도자로서, 아데나워는 반反나치독재의 지도자
로서 새로 탄생하는 국가의 정통성을 부여할 수 있었다. 그리고
1948년 이승만이 대통령으로, 아데나워는 한 해 뒤인 1949년 총리로
취임해 각각 12년, 14년을 집권하면서 뛰어난 건강으로 노익장을 과
시하였다. 두 사람은 초대 대통령과 초대 총리로 취임하기 이전에
제헌의회의 의장으로서 대한민국 헌법과 독일연방공화국 기본법을
제정공포 하는 데 주역을 맡았다는 공통점도 지니고 있다. 그러나
그들의 정치적 공과에 대한 평가를 넘어 오늘날 역사적 지도자로 기
억되는 것은 정치철학과 소신, 천하대세를 읽는 통찰력, 국가정책의
우선순위를 확실히 정하는 결단력, 그리고 이를 성공적으로 집행하
는 정치력을 고루 갖춘 예외적 존재들이었기 때문이다.

이승만과 아데나워는 조국의 독립과 통일, 그리고 인간의 자유가
보장되는 사회 건설에 대한 굳은 신념의 소유자들로 그러한 목표의
달성을 위해 조국의 운명을 서방세계, 특히 미국과 연계시키는 것이

202

최선이라는 판단을 일찌감치 내렸던 지도자들이었다. 아데나워는 대서양 너머로, 이승만은 태평양 너머로 동맹 외교의 폭을 넓힘으로써 국가 발전의 활로를 개척했다. 냉전과 분단 초기의 혼미한 상황에서 이승만은 남한에, 아데나워는 서독에 각각 단독정부를 수립하기로 결심하고 이를 성취시킨 것은 지극히 현명한 역사적 결단이었다. 그들은 자신들이 세우고 이끈 정부가 유일 합법정부라는, 그리고 강력하고 번성하는 국가 건설만이 통일의 지름길이라는 판단을 내리고 좌고우면左顧右眄하지 않았다. 모든 중립국 통일안을 일고의 가치가 없다고 무시한 것은 물론이다. 1990년 독일 통일의 성공이 그러한 판단이 옳았음을 극적으로 증명하고 있다.

이승만과 아데나워가 보여 준 위대한 리더십의 핵심은 첫째, 지정학적 요건 및 국제 정세의 흐름을 정확히 읽는 능력과 둘째, 분단과 대결의 구도 속에서 국가의 안보와 국민의 자유를 최대한 보장하는 정책 선택의 결단력 그리고 셋째, 국민적 합의와 단결을 이끌어 내는 정치력의 삼위일체라 하겠다. 대통령의 리더십 위기에 휩쓸린 채 다음 선거를 1년 앞둔 지금의 시점에서 막연한 불안에 떠밀리기보다는, 우리가 새롭게 뽑아야 할 다음 지도자의 기준을 과연 어디에 둘 것인가를 고민하며 우리 모두 역사의 교훈을 되짚어 보아야 하겠다. 역사로부터 배우는 지혜로운 국민만이 정말 훌륭한 지도자를 가질 수 있기 때문이다.

2006년 12월 4일

이준 열사 순국 100주년에 부쳐

5천 년 유구한 민족사와 5백 년 왕조사에 뒷받침된 자랑스러운 이 나라가 전쟁이나 전투도 없이, 아니 단 한 방의 총도 쏴 보지 못하고 이웃나라 일본에 주권을 내어 주고 말았던 것은 1백 년 전이다. 그 당시나 한 세기가 지난 오늘이나 도저히 이해할 수 없는 역사적 변고였다. 생각할수록 분하고 딱하고 답답한 치욕의 역사다. 이처럼 통탄스러운 사태의 부당성을 국제사회에 알리고, 이미 기울어진 국운을 되살려 보겠다는 일념으로 1907년 헤이그 만국평화회의에 파견된 이상설·이준·이위종 세 밀사는 얼마나 캄캄한 망국의 악몽에 시달렸을 것인가.

7월 14일은 이준 열사가 헤이그에서 순국하신 지 100주년이 되는 날이다. 그분께서 순국하시기 2년 전, 즉 1905년 을사늑약이란 주권 상실의 치욕을 당한 뒤 국가운영의 중심에 서 있었던 민영환 공께서 자결하셨다. 멀리 영국 런던에선 이한응 주영공사께서도 자결로서 나라 잃은 굴욕의 한을 매듭지으셨다. 또한 헤이그 밀사의 한 분인

이위종 참서관의 부친 이범진 주러시아 공사도 이른바 '합방'의 수치에 직면하여 1911년 상트페테르부르크에서 스스로 목숨을 끊으셨다. 그로부터 한 세기가 지난 지금, 당시의 치욕적인 망국의 과정에서 목숨을 걸고 항거하신 선열들의 죽음에 우리 국민은 숙연해지지 않을 수 없다. 그러면서도 우리는 새삼 분노와 답답함에 휩싸이게 되는 것이다.

돌이켜보건대 1백 년 전의 '만국평화회의'라는 이름 자체가 역사를 호도하는 표현임을 알았어야 한다. 19세기 말부터 평화회의를 주창했던 러시아의 니콜라이 2세 등이 전쟁의 참화가 되풀이되는 것을 예방하자고 나섰던 뜻은 그런대로 이해할 수 있다. 하지만 그 '평화'란 어디까지나 19세기에 정립된 제국주의 시대의 국제질서, 즉 열강의 식민지 분할 통치가 적절한 세력 균형으로 유지되는 질서를 정당화하고 안정시키는 데 일차적 목표가 있었던 것이다.

그러한 제국주의 세력들 사이의 쟁탈전에 희생된 약소국이나 식민지의 권리가 고려될 여지는 전혀 없었다. 따라서 1868년 메이지유신으로 제국주의 대열에 참여하게 된 일본의 첫 번째 희생양이 된 우리의 억울한 처지를 감안해 줄 수 있는 아량은 애당초 기대할 수 없었던 것이다. 그러한 제국주의 경쟁체제가 평화를 담보할 수 없다는 것은 평화회의 이후에 폭발한 두 차례의 세계대전이 증명하지 않았는가. 그 거대한 제국주의 물결 사이에서 꼼짝 못하고 희생당한 우리의 처지를 생각하면 끓어오르는 분노를 참을 수 없다.

1백 년 전의 국내 상황을 돌이켜보면 한마디로 답답하고 딱하기 이를 데 없다. 제국주의 시대의 국제정세나 지정학적 압력에 대처할 수 있는 준비가 전혀 되어 있지 않던 것이 조선조 말기의 실상이었다. 밖으로부터 조여 들어오는 위기의 낌새를 파악한 선각자들이며 과감한 개화와 개혁의 필요를 통감하고 있던 엘리트들이 없었던 것은 아니었다. 이준 열사 자신이 중심이 되었던 신민회 같은 조직이 그러한 선각자 집단의 한 예다. 그러나 이렇듯 개화와 개혁을 주창하는 인사들을 국가 운영의 중심 세력으로 활용하기에는 조선조 말기의 정치체제는 너무나 경직되어 있었고 군사제국화된 일본의 침략에 대항하는 데는 속수무책이었다.

문전박대를 당한 헤이그 밀사의 수모와 고초를 통해 조선왕조는 국가체제의 한계를 보여 주었으며 우리에게 값진 역사적 교훈을 남겨 주었다. 첫째, 닫힌 사회의 시대가 지난 뒤 바로 열린 사회로 전환하지 못하는 나라는 멸망의 길로 들어설 수밖에 없다. 문을 열고 더 넓은 사회로 나아가 국운을 개척할 용기와 자신감이 없으면 개인도 국가도 살아남기 어렵다는 것이다. 둘째, 나라와 민족을 사랑한다는 애국 애족심만으로는 역사의 흐름과 방향을 간파하는 지혜를 대치할 수 없다. '애국심은 비겁한 자의 도피처'라는 경구를 가볍게 흘려 버리면 안 된다. 천하대세를 읽고 이에 순응하는 국가전략을 다듬는 지혜를 갖지 못한 채 애국심과 민족만을 내세우는 우매한 지도자는 반드시 가려내야만 한다.

1백 년 전에 겪었던 민족의 수모는 한 번이면 족하다. 다시는 이런 비극이 없도록 우리 모두가 정신을 가다듬어야 한다.

2007년 7월 9일

이휘소 박사를 그리며

《무궁화 꽃이 피었습니다》라는 소설의 주인공으로 널리 알려졌던 이휘소李輝昭 박사가 세상을 떠난 지 꼭 30년이 되었다. 한국이 배출한 세계 최고의 이론물리학자였던 그의 삶과 죽음을 이제는 차분히 회고하고 추념할 시간이 된 것 같다. 지난달 이휘소의 미망인이 넘겨준 그의 유품과, 유학중 어머님께 올린 편지 90통이 고려대 박물관에 기증되었다. 한편 그로부터 직접 박사학위 지도를 받았던 고려대 강주상 명예교수가 세심한 자료 수집과 균형 잡힌 해석을 바탕으로 완성한 《이휘소 평전》이 마침 출판되어 그의 학문 업적과 인간 됨됨이를 이해하는 데 크게 도움을 주고 있다.

강 교수도 지적했듯이, 이휘소의 죽음이 한국의 핵 개발과 연관되었다는 소설적 환상은 오직 허구일 뿐 이제는 말끔히 지워 버려야 한다. 무엇보다도 이휘소는 소립자물리학의 권위자였지 핵물리학자가 아니었다. 그가 몸담았던 프린스턴 고등연구원의 오펜하이머 원장은 제2차 세계대전 당시 미국 핵무기 개발의 책임자였으며, 더욱이 그가 이론물리학 부장으로 근무했던 페르미 연구소는 세계 최초로 핵분열을 성공시킨 페르미의 이름을 따랐다는 것이 소설가의 상상력을 발동시켰을지도 모른다. 그러나 "독재체제 아래 개발도상국에서 핵무기 개발은 안 된다"고 단언한 이휘소를 1970년대 핵 개발 프로젝트와 연관시키는 것은 상상의 비약일 뿐이다.

지난 반세기의 세계사를 돌이켜볼 때 민족주의의 불길이 핵 개발이란 야심과 접합되면 정치적 군사적으로 상당한 폭발력을 발휘했음을 알 수 있다. 사실 핵 문제를 둘러싼 한반도 사태도 예외는 아니다. 당대 최고의 물리학자인 이휘소 박사의 사고사에 대한 논란도 그러한 역사의 흐름을 반영한 것이라고 볼 수밖에 없다.

이휘소와 소년 시절을 함께했던 친구들은 비록 그의 물리학 업적에 대해서는 자세히 모를지라도, 그의 연구에 힘입어 여덟 명의 물리학자가 노벨상을 수상했다는 사실로 미루어 볼 때 그의 학문적 위치가 얼마나 대단한 것인가를 쉽게 짐작할 수 있고, 그러기에 42세에 요절한 그의 죽음을 못내 아쉽게 생각하고 있다.

이번에 기증된 유품 전시에서 특히 눈에 띄는 것은 어려운 수식數式이 적혀 있는 연구노트나 오펜하이머 박사의 메모보다도 그가 어느 곳에서든 어머님께 수시로 보낸 편지들이었다. 세계 각지에서 열린 물리학 회의에 참석할 때마다 그 진행 과정을 소상히 보고하는 내용을 어머님께서 모두 이해하셨을지는 모르지만 얼마나 흐뭇해하셨을까는 짐작할 수 있다.

이휘소의 아버님은 그가 열여덟 살 때 세상을 떠나셨다. 어릴 때부터 그의 교육에 모든 정성을 쏟으신 어머님은 이휘소에게는 일생 동안 가장 사랑하고 존경하는 그의 길잡이였다. 56년 여름 《바람과

함께 사라지다》를 읽고 난 그가 어머님께 쓴 편지에는 다음과 같은
구절이 있다.

> 미국 남북전쟁 당시의 사정이 어쩌면 그렇게 한국의 수년 전과 똑같은
> 지, 마치 저 자신의 이야기인 것 같습니다. 그중에서도 꿋꿋이 싸워 오
> 신, 그리고 아직도 굳건히 버텨 나가시는 어머님의 거룩한 모습은 저로
> 서는 항상 자랑이요, 힘의 근원입니다……. 어머니, 6·25 때 우리들이 광
> 릉에서 지내며 똑같은 경험을 했던 것을 기억하시는지요? 아름답고 거
> 룩한 어머님의 모습이 눈앞에 아른거립니다.

이휘소는 위대한 물리학자였음에 틀림없다. 그러나 이러한 그의
업적을 가능케 한 것은 역시 위대한 어머님의 힘이었다. 이휘소에게
는 그의 천재적 재능을 일찍 꿰뚫어 보고 대성의 기회를 마련해 준
훌륭한 은사들을 만나는 행운도 있었다. 그러나 이러한 행운의 원천
에는 목표를 향해 최선을 다하는 인간적 소양과 근성을 철저히 심어
준 어머님의 더없는 사랑과 냉엄한 훈도가 있었다. 그러기에 어머님
과 아들이 함께 이룩한 업적의 의미를 이휘소 자신이 다음과 같이
정리하고 있다.

> 오늘 알아낸 지식은 후손에게 물려줄 유산이 될 것입니다. 누가 이러한
> 지식을 알게 되었는가는 세인의 기억에서 사라지겠지만 한 시대, 한 국
> 가가 이룩한 영감과 그 결과는 영원히 기억에 남을 것입니다.

오늘의 젊은 어머니들과 아이들에게 주고 싶은 이야기다.

2007년 7월 30일

메르켈과 사르코지

대선 1백 일을 앞둔 한국 정치는 갈수록 이전투구 양상이 짙어지고 있다. 어렵게 성취한 한국 민주주의의 앞날이 심히 걱정되는 상황이다. 민주정치란 이런 혼선과 퇴행을 불가피하게 겪어야만 하는 것인지, 아니면 정치지도자의 자질과 선택에 따라서 더 차분하고 건설적일 수도 있는 것인지에 대한 본질적 의문이 제기되는 시점이다.

우선 답답함을 덜기 위해서라도 창의적인 리더십의 출현으로 민주정치의 건전성과 능률을 보여 준 독일과 프랑스의 최근 사례를 살펴보며 이들이 우리의 민주정치 발전에도 시사하는 바가 있는지를 생각해 보고자 한다. 물론 유럽과 한국 정치의 환경이나 문화가 크게 다름을 모르는 바 아니나 시급한 정치의 선진화를 위해 민주정치의 성공 사례를 참조하는 데 주저할 필요는 없다.

독일의 메르켈 총리는 얼마 전 세계에서 가장 영향력이 큰 여성으로 미디어에 의해 선출된 바 있다. 특출한 카리스마나 정치력이 알려지지 않았던 메르켈 총리가 이처럼 독일뿐 아니라 세계적인 지도자로 지목된 이유는 그가 일관성 있는 원칙에 따라 성실하게 주어진 일을 집행해 나가는 데서 비롯된 것이다. 그는 부시 대통령에게 관타나모 수용소의 이라크전 포로에 대한 인권침해 문제를 솔직히 제기했고, 기후변화 문제에 대응하는 국제적 노력에 미국이 더 이상 주저하지 말 것을 권고했다. 푸틴 대통령과의 만남에서는 러시아의 인권 문제와 언론 자유의 문제를 지적하는 데도 과감했다. 더욱이 중국의 지도자들에게도 경제협력의 중요성과 더불어 인권과 복지 문제, 개방과 언론 자유의 문제 등을 빼놓지 않고 강조해 왔다. 이렇듯 원칙을 강조하면서도 국제적 우호관계나 경제 협력을 전혀 손상하지 않고 있다는 점이 메르켈 총리의 외교력이 돋보이는 큰 이유다. 독일의 대對미국·러시아·중국 관계는 그 어느 때보다 활력이 있는 것이 현실이다.

이렇듯 원칙과 신뢰를 동시에 추구하는 데 성공하고 있는 메르켈 총리의 처지는, 인권 문제를 러시아나 중국에 제기하지 못했던 사민당의 슈뢰더 전 총리와 대비된다는 《헤럴드 트리뷴》의 주디 뎀시 Judy Dempsy의 지적은 생각해 볼 점이다. 본디 인권이나 환경 문제 등은 진보를 자처하는 사회당이 앞장선다는 전통적 도식이 변화하고 있다는 것이다. 메르켈 총리는 보수당인 기민당 대표로서 사민당을 포함한 대연정을 이끌고 있지만 인권과 기후 문제에 나라 안팎의 리더십을 장악한다는 것은 시사하는 바 적지 않다. 특히 북한과 대화를 위해서는 인권이나 독재와 같은 문제를 비켜 가야만 한다고 내세우는 한국 진보진영의 입장은 생각해 볼 문제다. 얼마 전까지도 우리의 민주화를 위해 투쟁했던 이른바 진보적 지도자들이 언제부터인가 북한의 인권과 독재 문제에 대해서는 입을 다물고 있는 것이 사실이다. 그렇다면 인권과 반독재투쟁의 깃발은 이제부터 어느 쪽에서 들고 갈 것인가.

한편 사회당 후보를 가볍게 압도하고 선출된 사르코지 대통령은 프랑스를 세계무대에서 가장 영향력 있는 강대국의 반열에 앉히려는 야심에 찬 행진을 시작했다. 그런 역사적 전략을 추진하는 힘은 우선 국민적 합의로부터 비롯된다는 자명한 이치에 맞춰 사르코지 대통령은 놀랄 만큼 과감한 포용인사로 새 정권을 출발시키고 있다. 정치력 또는 권력의 수입이나 생산이 없으면 지출이나 소비는 불가능하다는, 권력의 적자운영이 가져오는 위험을 충분히 경계하고 있는 것이다. 외무장관과 유럽담당장관의 자리를 야당 인사에게 맡겼을 뿐 아니라, 국제통화기금IMF 총재 후보로 역시 야당 편인 스트라우스 칸을 지명함으로써 그의 초당적 자세를 분명히 보여 주고 있다.

이러한 사르코지 대통령의 행보는 우리 정치인들에게도 분명하게 정치력과 권력창출의 기본원리를 환기시키고 있다. 선거에는 지더라도 당권을 잡는 것에 목표를 두지 않는 한, 선거에 임하는 정당 지도자에게 당내 화합은 제일의 절대 필요조건이다. 국제사회나 남북 관계에서 나라의 위상과 이익을 지키는 것이 지상목표라면 여야를 초월해 국민화합을 이루는 데 우선순위를 두어야만 한다. 국가이익보다 정권을 잡거나 유지하는 것이 더 중요하다고 국민 분열을 부추기는 정치인은 빨리 추방되어야 한다.

2007년 9월 10일

노 대통령의 고뇌와 고민

홀연히 우리 곁을 떠난 노무현 전 대통령의 명복을 빌면서 많은 것을 생각하게 된다. 해방 후에 태어난 첫 대통령으로 유난히도 격렬한 삶을 살아온 정치인이었다. 그의 파란만장한 일생은 수많은 우여곡절 속에서 오늘에 이른 대한민국 60년의 역사와 궤를 같이하기에 우리 모두에게 무거운 여운을 남겼다. 그가 겪어 왔던 인간적 고뇌와 국가적 고민은 이 시대를 함께 살아왔던 대한민국 국민이면 다같이 나눠 가진 경험이었다. 다만 그의 삶과 죽음이 유달리 격렬하고 극적이었기에 지금 우리 사이에는 무거운 침묵만이 흐를 뿐이다.

그의 인간적 삶의 고뇌는 이상과 현실 사이에 존재하는 어쩔 수 없는 괴리를 한사코 수용하기를 거부하는 남다른 고집과 열정에서 비롯됐는지도 모른다. 사회정의 실현에 대한, 특히 불평등의 극복에 대한 그의 열정은 가히 종교적 신앙에 가까웠다. 그러나 인간사회에서 완벽한 정의와 평등의 실현은 가능하지 않다는 것, 그리고 그것은 불의와 부정한 세력이 만든 결과에 못지않게 인간의 한계에서 비롯된다는 사실에 직면할 때 충족되지 못한 정의에 대한 갈망은 인간적 고뇌로 이어질 수밖에 없는 것이다.

정의·자유·평등과 같은 규범의 실현은 절대적이 아니라 상대적일 수밖에 없다. 그것이 정치의 원리다. 따라서 단순한 투쟁보다는 지혜로운 타협을 통할 때 정치는 '가능의 예술'이 된다. 이런 이치를 소화하기까지는 많은 인간적 고뇌를 겪어야만 하는 대가가 뒤따르는 것이다. 노 전 대통령의 경우에는 정의와 평등에 대한 집착이 워낙 컸기 때문에 현실을 수용하는 과정에서 실망과 고뇌도 남다르게 극심하였을 것이다.

그러한 인간적 고뇌에도, 노 전 대통령은 인간의 한계를 자연과 운명으로 이해하려는 시인의 정서를 지니고 있었다. 이는 그의 유서에 잘 나타나 있다. 정치인이, 더구나 대통령을 지낸 분이 남긴 유서로는 드물게 오래 기억될 시구詩句와 같은 몇 줄을 우리는 잊을 수 없을 것이다. 슬퍼하지도, 미안해 하지도, 원망하지도 말라면서 "삶과 죽음이 모두 자연의 한 조각이 아니겠는가?"라고 맺은 그의 결론은 우리가 이 땅에서 수천 년 간직하여 온 민족적 심성에 직결돼 있다.

그는 정치인으로서 특히 나라와 민족의 운명을 좌우하는 막중한 책무를 짊어진 대통령으로서 수많은 과제와 선택에 직면하고 해결책을 찾으려 고민에 빠진 경우도 적지 않았을 것이다. 그 가운데서도 분단 60년이란 민족적 비운을 어떻게 뛰어넘느냐 하는 역사적 과제는 역대 대통령도 짊어져야 했던 무거운 짐이었으며, 노 전 대통령의 경우엔 더욱더 무겁게 짓눌렸는지도 모른다. 첨예한 대결 구도가 지속되고 있는 남북 관계와 국제정치의 소용돌이 속에서 가장 가까운 동맹국인 미국과의 관계를 어떻게 연계하여 정책과 전략을 펼쳐갈 것인가라는 과제는, 한국의 대통령이 외롭게 부딪칠 수밖에 없는 역사의 숙제인 것이다. 이 어려운 함수관계를 풀기 위해 열정의 정치인이었던 그가 감정과 조바심을 자제하고 세계사의 큰 물줄기 속에서 나라의 운명을 이끌어가는 과정은 나름의 고민이 많았을 것으로 짐작된다.

나는 노 전 대통령이 미국에 대해 얼마나 호감을 갖고 있었는지 알지 못한다. 그러나 그가 대통령으로서 국제정치에서 미국의 위치, 한국의 어제와 오늘을 가능케 하는 데 기여한 한·미 관계의 중요성에 대하여 적절한 인식을 갖고 있었다고 믿는다. 취임 전 대통령 당선자로서 만난 그분이 다른 무엇보다 한·미 관계의 중요성을 지적하면서 많은 것을 질문하던 모습이 생생하다. 대미외교팀의 인선, 이라크 파병, 특히 한·미 FTA 타결 등이 바로 그분의 고민 어린 선택의 결과였을 것이다.

나는 또한 그분이 북한을 얼마나 걱정했는지도 알지 못한다. 평생을 반독재·민주화투쟁에 앞장섰던 그로서 북한 체제나 지도자를 긍정적으로 보았을 리는 없다. 인권변호사를 천직으로 알았던 그였기에 오늘의 북한 상황에 눈감을 수도 없었을 것이다. 그러면서도 대통령으로서 우리 국민의 여망인 통일된 민족공동체 건설에 기여하겠다는 사명감 때문에 많은 고민에 휩싸였을 것이다.

이렇듯 뒤얽힌 국정의 선택지選擇肢를 적당히 포장하거나 덮어 버리는 유혹을 뿌리치고, 고민과 고뇌를 거듭했던 정치지도자로 노 전 대통령은 오래 기억될 것이다.

2009년 6월 1일

하경덕의 《사회법칙》 80주년

　내년이면 돌아가신 지 60년이 되는 하경덕河敬德 선생이 누구인지
기억할 수 있는 사람은 많지 않을 것이다. 그러나 언론인이며 사회
학자였던 그의 주요 저서 《사회법칙Social Laws》 출간 80주년을 그냥
흘려 넘기기에는 아쉬움이 너무 크다. 하경덕의 하버드대학 박사학
위 논문(1928년)을 기초로 한 《사회법칙》이 노스캐롤라이나대학 출
판부에서 발간된 것은 우리 민족사에서 숨막힐 듯 답답했던 시기인
1930년이었다. 그로부터 80년이 지난 지금 《사회법칙》의 학문적 중
요성을 다시 평가하면서 하경덕과 같이 서양학문의 세례를 받고 돌
아온 당대의 지성인들이 지녔던 역사적 위치와 공헌에 대해 생각해
본다.

　올해는 6·25 전쟁 60주년과 경술국치 100주년 등 범국민적 행사
가 줄을 잇는 해다. 지난 1백 년, 역사의 고비마다 우리 민족이 함께
겪은 공동경험의 의의를 재정리하며 무엇이 그 경험의 연속성을 보
전했고, 무엇이 단절을 의미했는가를 되짚어 보는 성찰의 기회로 삼

아야겠다. 민족사회의 집단적 경험 속에서 개인이, 특히 한 시대의 지성인들의 업적이 어떤 구실을 했는지, 또 어떤 영향을 남겼는지는 쉽게 가늠하기 어려운 학문적 과제다. 그러나 3·1운동으로부터 10년, 일제의 식민통치가 날로 극악해지던 시점에 구미학계의 주목과 찬사를 받은 한국 학자의 사회이론서가 미국에서 출간되었다는 사실은 지금의 시점에서라도 눈여겨볼 필요가 있다.

19세기 말 태어나 전주 신흥학교와 평양 숭실중학교를 거쳐 하버드대학에 유학하고 돌아온 하경덕의 활동경력은 그 시대에 많지 않던 구미유학생들이 걸어온 역정을 대표하고 있다. 그는 YMCA와 흥사단 활동과 더불어 연희전문학교(현 연세대학교) 교수로 일제 말기까지 청년교육에 주력하는 한편 세계문화의 주류에서 소외됐던 우리 사회에 국제적 추세와 근대 사조의 흐름을 알리는 촛불의 역할을 수행했다. 참혹했던 민족의 수난기에 구미유학을 했다는 것은 개인적으로는 특전임에 틀림없지만 반면 동포들에 대한 책임의식도 그만큼 컸을 것이다. 더구나 나라 안팎에서 일제와 맞부딪치면서 독립운동에 투신한 인물들에 견주면 상대적으로 소극적인 국민계몽활동에 주력했던 그들의 고뇌가 얼마나 깊었는가는 그리 짐작하기 어렵지 않다.

하경덕을 비롯한 한 무리의 구미유학생들이 일제 패망과 민족 광복에 대비한 한국 사회의 집단적 능력을 키우는 데 얼마나 큰 구실을 했는지 단정할 수는 없지만 해방 직후부터 대한민국 정부 수립에 이르는 비상 시국에서 그들이 과시한 저력은 괄목할 만한 것이었다. 더욱이 그를 포함한 구미유학생 출신의 인사들이 해방정국의 혼미 속에서 미군정의 과도체제를 대한민국 수립으로 연계시키는 데 결정적 구실을 했다는 평가는 인정해야 할 것이다. 하경덕은《서울신문》,《코리아타임스》, 합동통신 사장과 축구협회장, 국제문화협회장 등을 역임하면서 문화·언론 분야에서 새 나라의 밑돌을 놓는 데도 크게 공헌했다.

한국 학계의 인문·사회 분야에서 선각자로 불릴 수 있는 하경덕의《사회법칙》의 주제와 학문적 가치는 과연 어떤 것인가. 그에 따르면 모든 사회현상과 변화과정을 체계적이며 포괄적으로 일목요연하게 설명할 수 있는 일반원칙을 찾는 것은 고래로 모든 인문·사회학자들의 꿈이었다. 그 결과로 선험적·목적론적·통계적·인과론적, 그리고 변증법적 전제와 이론을 바탕으로 제시된 136편의 이른바 사회법칙들을 면밀히 분석한 하경덕은 자연과학적 기준을 충족시킬 만한 일반법칙은 전무하다는 결론에 도달한다. 이 책의 서문을 쓴 고든 캐봇 교수는 하 박사가 헤겔과 마르크스를 포함한 많은 학자들이 제시한 사회법칙들의 방법론적 오류와 한계를 지적하고 사회학의 새로운 경지를 개척했다고 평가했다.

모든 사회현상은 인간의 가치와 직결돼 있으므로 이를 이해하고 설명하려는 학문은 엄격한 의미에서 과학일 수 없으며 오히려 의학과 같이 예술이나 인술로 이해되고 'social arts'로 불리는 것이 마땅하다고 하경덕은 주장했다. 그러기에 인간의 권리와 가치를 존중하고 그들의 생활여건을 개선하는 데 무관심한 사회학은 불필요하다고 단언하고 있다. 이른바 선진사회가 후진 지역을 점유할 수 있다는 제국주의적 발상이나 약육강식의 논리를 정당화하려는 무솔리니와 같은 독재자들의 궤변이 비판의 대상이 된 것도 물론이다. 이렇듯 민족사의 암울했던 시기에 세계 학계의 중심무대에서 우리의 지

218

적知的 성실성을 과시한 하경덕 선생의 노력은 오래 기억되어야 할 것이다.

2010년 3월 8일